悟淨出立

萬城目學

涂愫芸——譯

中文版作者自序——

我想成為寫出這種文章的作家！

高中時，我在現代文學的試題中，邂逅了有趣到不行的文章，至今仍記憶猶新。

內容是三藏法師和孫悟空、沙悟淨、豬八戒，前往天竺取經途中的故事。我心想原來這就是《西遊記》啊，結果並不是。在試題的文章裡，沙悟淨似乎思考著什麼。這個水裡的怪物，一個人嘀嘀咕咕沉吟，用深奧難懂的話語，認真探索著悟空的天賦、三藏法師目光前的永恆。我心想這篇有點怪但有趣到不行的文章，究竟是什麼啊？瞬間被吸引的我，把考試拋在腦後，一頭栽進了文章裡。

當時，我不知道是誰寫的，也沒有關於試題文章的說明。高中畢業，上了大學，我也經常在想，當時那篇西遊記的故事是出自誰手呢？我猜想可能是哪個作家所寫，查遍著作名單，都一無所獲。光是試題摘錄的部分，就有著非比尋常的吸引力，我想這個作家絕對不可能沒沒無聞，卻怎麼也找不到。

沒想到，我竟不經意地遇上了。大學四年級時，我在重新出版的作品集裡找到了，那篇文章孤零零地收錄在我從以前就很喜歡的作家的著作集裡。

中島敦。

是戰前的作家。

有〈山月記〉、〈李陵〉等，很多以中國歷史為題材的短篇作品。實不相瞞，準備重考時，我就非常愛看他的作品集。（作品集裡，沒有收錄那篇《西遊記》！）他的文章清高，且兼具深度與格調，帶給我極大的刺激。當時我連一行小說都沒寫過，卻突然湧現「我想成為寫出這種文章的作家」的夢想。

名為《我的西遊記》的作品，收錄了以下兩篇文章。

〈悟淨出世〉（悟淨出頭天）

〈悟淨歎異〉（悟淨感嘆）

〈悟淨出世〉是描寫沙悟淨遇到三藏法師之前的故事。他在流沙河底不斷詢問自己是誰，漸漸得了心病，去找妖怪之師尋求解答，也都未能如願以償，就在這時候遇見了三藏法師。〈悟淨歎異〉是描寫沙悟淨發現自己「光想而不採取行動」的弱點，於是開始研究悟空與三藏法師的故事。我在那次的現代文學考試看到的試題，就是摘錄自〈悟淨歎異〉。

我衷心渴望，可以看到這本《西遊記》的後續！然而，這是絕不可能實現的願望。因為中島敦在寫完《我的西遊記》中的兩篇文章後的一九四二年與世長辭，年僅三十三歲。死因是氣喘的老毛病惡化。

寫到這裡，話題要跳到我三十三歲的時候。

那是我成為作家的第三年，要在《ｙｏｍｙｏｍ》這本雜誌寫一篇小說。出版社希望我能寫單篇的短篇小說。當時只寫過《鴨川荷爾摩》、《鹿男》、《荷爾摩六景》的我，沒有寫單篇短篇小說的經驗，正煩惱該寫什麼時，突然閃過一個念頭：

「何不自己來寫那個永遠看不到的故事的後續？」

說也奇怪，這時正好跟中島敦寫《我的西遊記》時同年紀，我心想挑戰看看說不定也很有趣。我愛不釋手的〈悟淨歎異〉的結尾處，有沙悟淨的感想敘述，說現在的自己還有很多地方要向悟空學習，等以後再來了解豬八戒。所以，我要寫的自然是「沙悟淨對豬八戒有何想法」的故事。

因此決定把標題取為〈悟淨出立〉（悟淨出發）。

聽說中文沒有「出立」這兩個字。在日文裡，「出立」也是平時比較不常用的文字。意思與「出發」、「旅立」（啟程）相同，但「出立」感覺比較崇高。

向來走在一行人的最後面，一直當個旁觀者的悟淨，踏出了嶄新的一步。為了祝福那崇高的一步，我在他的名字後面放了「出立」這兩個字。

從這篇作品開始，我花了五年的時間，在《ｙｏｍｙｏｍ》寫了〈趙雲西航〉、〈虞姬寂靜〉、〈法家孤憤〉、〈父司馬遷〉。每一篇的題材，都是來自我最喜歡的中國古代歷史所發生的事。主要是描寫心態的變化，把跟沙悟淨一樣原本是配角的人物擺到正中央，讓他們從自己的角度去觀察主角，再回過頭來發掘自己。

或許很多人覺得奇怪，為什麼現代日本作家要刻意從中國古代尋求題材。答案是「因為一定都相同」。

在我心中，日本戰國時代的人，與生於秦、漢時代的人，都是佇立在相同的潮流裡。當然，文化各自不同，語言也不同。但是，活著的行為，與孕育其中的悲哀、快樂情感，應該都一樣，寫下了遙遠過去的異國男女的物語。

在我的青年時代，從位於大海彼端的大陸的歷史、故事，學到了很多東西。現在，我成為作家，用日文編織他們的故事。然後，這些故事又飄洋過海了，而且帶領著在日本創造的漢字「出立」。就文化的存在意義而言，再也沒有比這更幸福、更美好的事了。

萬城目學

目錄

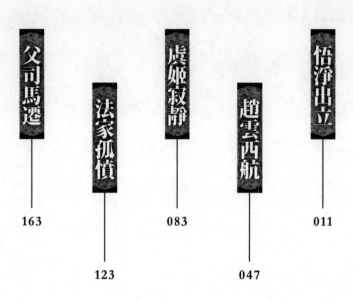

悟淨出立

「為什麼上坡這麼耗神呢？」

吃力地扛著行李的八戒，從鼻子發出嚄嚄聲，把白色氣息高高吐向半空中。

「心想那裡就是山頂，往那裡前進，眼前一定會出現同樣的景色。推測這次絕對錯不了，那棵樹附近就是山頂，從那裡開始就是下坡了，結果不知不覺中經過了那棵樹，前面依然是綿延不斷的上坡。再怎麼走、再怎麼走，都是上坡——啊，有種絕望的感覺。」

八戒拍動大耳朵，又嚄地發出了低沉的鼻音。走在三藏法師騎乘的白馬前面的悟空，咂咂舌轉過頭說：

「喂，愛說話的豬，可不可以閉上你那張說個不停的嘴？聽你呶呶不休地抱怨，連我都快心灰意冷了。」

「沒辦法啊，放眼望去都是這麼荒涼的景象，心情好得起來才怪呢！你看看，連地面都結冰了。喔，好冷、好冷。」

「你不是因為上坡才抱怨吧？下坡時，你不也是從頭抱怨到尾？說什麼哎呀大腿撐得好辛苦、哎呀腳尖好痛、哎呀對膝蓋不好。」

「我有嗎？」

八戒裝糊塗。

「總之，我就是討厭山。想想看，我們這麼辛苦地往上爬，又要付出同樣的勞力辛苦往下走，你們不覺得這是很愚蠢的行為嗎？」

除了背部，還有另一個行李掛在肩上的耙子上，八戒調正了耙子的位置。

「那麼，下次有高聳的山嶺出現在師父面前時，你就要即刻退出旅行嗎？」

「我沒那麼說啊，師兄。」

「既然師父不能跟我們一樣乘雲，就只能走路吧？」

「這我也知道啊，我只是想說……呃，該怎麼說呢……我就是怎麼樣都無法忍受這種重視過程的行為。不過是上山、下山而已，世人卻當作其中有什麼珍貴、剛毅的精神似的，讚賞那樣的辛勞。在我看來，那根本是不必要的辛勞。下山後要做什麼，才是重點吧？途中的行為，沒有任何價值。」

「那麼，八戒，你下山後要做什麼？」

走在隊伍最後面的我，望著在下垂的大耳朵之間，有成簇短鬃毛搖來晃去的後腦勺，詢問八戒。

「這還用問嗎？悟淨。」

穿著黑色法衣的大豬，一副「你在問啥啊」的模樣，霸氣地轉過頭來。

「當然是把在這裡平白浪費的力氣補回來啊。對了，最好有冒著蒸汽的滿滿一碗熱湯、剛蒸好的蓬鬆柔軟的饅頭、烤到有點焦脆香噴噴的燒餅、吸滿湯汁的烏龍麵，再配上三石米，最後，一點點也好，能來點酒就萬萬歲了。」

果不其然，八戒詳細描述了齋食的內容。說著說著，似乎克制不了食欲，從向前突出的長嘴巴滴下了口水，喉嚨開始發出咕嘟咕嘟聲響。

「你很髒耶。」

我不由得皺起眉頭。

「哎呀，失禮了。」八戒用法衣的袖子擦去口水說：「啊，肚子餓了。」虛弱地轉向前方。

八戒悠閒地說完，就聽見悟空從最前面發出惡狠狠的聲音說：「蠢豬。」坐在馬上的三藏，低頭看看八戒，莞爾一笑，再轉頭對我說：

「悟淨呀，接下來的天氣怎麼樣？」

「是。」我應聲後，把舌尖往天空伸出了三寸。在流沙河度過漫長時間的我，不知不覺中，身體對水氣的敏感度超越了任何人。我伸長舌頭，確認飄蕩在冰凍空氣中的水氣。

「應該會下雪。」我回答。

才說完，師父就露出了不安的表情，仰頭望著天空。雖然他絕口不提，但是，馬蹄踩在土與冰上的聲音，都在山間迴響了，想必他坐在馬上也吹了不少寒風，身體一定早凍壞了。

「喂，師兄，現在已經夠冷了，再下雪怎麼辦？在這種狀態下野宿，師父會凍死。」

「八戒說得沒錯，師兄，山上的天氣變化無常。最好在天黑之前，決定今晚的住宿地點吧？」我也對悟空說。

「每次碰到這點困難就停止前進，永遠也到不了西天啦。」悟空嘀嘀咕咕地發牢騷，但還是仰頭望著朦朧浮現在雲層上的太陽，對三藏法師說：

「師父，如您所見，前面的道路依然險峻。要在太陽下山前越過山頭，恐怕有困難。還是找個可以避風雪的山洞，在那裡卸下行李吧？我會在附近尋找住家，乞求布施，帶齋食回來。」

這時候，坐在馬上的師父，忽然發出高八度的聲音說：

「誒，悟空，那邊看得見的建築物是什麼？」

我們把頭轉向師父指的地方，看到塗著鮮豔紅色的樓閣，被淡淡的霧氣包圍，聳立在山間的低窪處。

「哇，很豪華的建築物呢，一定是有錢人的宅院。師兄，快去那裡，乞求今晚的齋食和住宿吧？看樣子，應該會大方地招待我們。」

欣喜雀躍的八戒，掄起肩上的耙子，嚄嚄呼氣喧鬧。

悟空拉著白馬的韁繩，瞇起眼睛，觀察建築物的動靜。

我看著他的側臉，心想：「啊，又來了，每次都是這樣的開始。」有預感接下來會發生什麼事。

「師父。」從額頭延伸到臉頰旁邊的茶色短毛微微迎風顫動的悟空，平靜地說：「在那裡的是妖怪。」

❁

「喂，八戒。」

「什麼事？悟淨。」

「為什麼你每次都犯同樣的錯誤？」

「我也不想淪落到這種下場啊。我盡我所能了，結果還是這樣。再說，你也不該把所有的錯都推到我身上吧？師父馬上同意了我的提議，你也沒有無論如何都要阻攔我的樣子啊！」

被他這麼一說，我也很難堪。為了掩飾我的無言以對，我扭來扭去地動起了身體，八戒也被我影響，開始搖晃身體。沒多久，「好痛好痛」的呻吟聲反射到天花板，響遍了寬闊的洞內。

「我比你和師父重很多，所以從剛才就痛苦到受不了。」

「所以我常常提醒你太胖了啊。」

「早知道會在這種時候吃到苦頭，我就會再認真一點減肥啦。啊、啊，好痛、好痛。」

我嘆口氣，放鬆了全身的力量。這時候，被綁在後面的雙手的地方，發出了嘎吱嘎吱的傾軋聲。

在寬闊的洞內，我被五花大綁，吊在天花板很高的地方。八戒的龐大黑影，吊掛在我旁邊。他的另一邊是師父纖瘦的身體，被放在地上的燈火照亮，無助地搖晃著。

所有一切的結果，都如我所預測。悟空去找齋食不在時，我們三人很快就落入妖魔之手，成為這麼淒慘的被囚之身。

至今以來，我們究竟重複過多少次這樣的失誤了？即便悟空靠他敏銳的感覺，及早發現妖怪，再三警告我們，我們還是會陷入妖魔的奸計。或是自投羅網，淪為魔窟深處的俘虜。

這次特別淒慘。悟空察覺聳立在遠處的樓閣有危險，所以去尋找齋食之前，從耳朵拿出金箍棒，拉到大約身高的長度，在我們周圍畫了一個圓圈，築起了結界，這樣不論任何妖魔猛獸都不能靠近我們。

「絕對不可以離開這個圓圈。」

悟空邊以險峻的眼神望著浮現在霧裡的樓閣，邊叮嚀師父。看到師父點頭說知道了，他才叫來觔斗雲，一躍而上，托缽去了。

乘雲而去的悟空，轉眼間不見了蹤影。我目送他離去後，扶師父下馬，再把行李卸下來。我們待在悟空畫的圓圈裡，把師父包圍在中央，望著頭頂上越來越厚的雲，等著悟空回來。

我先把馬鞍拆下來，邊用木刮板清理馬的身體，刮去汗水，邊偷偷觀察八戒的動靜。八戒盤腿而坐，在師父前面把龐大的身軀蜷縮起來。那模樣怎麼看都像是在演戲，我費了好大的勁，才壓下差點浮現嘴角的笑。果不其然，八戒只有剛剛開始時很安分，當我把馬鞍放回馬背時，他開始心神不定，在臉旁拍打大大的耳朵，懷疑地看著畫在地上的結界線。

我深深覺得，八戒是個天真的樂天派。這種天生的樂天派，說話都帶著真誠，並不是藉口。

「放心啦，師兄這個人就是愛操心。那棟五彩繽紛的建築物，那麼漂亮，怎麼會是妖魔的巢穴呢。性情乖僻的妖魔，應該會搭建更寒磣、更頹廢的建築物，不是嗎？師父。走幾步路就會到的地方，有那麼華麗的建築物等著我們，沒有任何法規可以限制我們，必須乖乖待在這種寒風刺骨的地方。說不定，那隻好逸惡勞的猴子，正在哪裡偷懶玩耍呢。再說，我從來沒聽過，光靠這種在地面畫的圓圈就能除魔辟邪。那個弼馬溫*一定是怕我們會亂來，所以臨時想出這種自私的故弄玄虛的方法。」

八戒用平時那種輕快的語氣這麼說，我也覺得原來如此，說不定真是這樣。

最後，三藏法師被八戒的話魅惑，離開了悟空布設的結界，走向樓閣。當然，樓閣是妖魔做出來的幻覺，大搖大擺走到那棟建築物門前的我們，很快就中了對方的法術，連人帶馬被押進了洞內。

擺在地上用來照亮洞內的唯一燈台的火光，從剛才就要滅不滅地搖曳著。我又想起，在悟空發現那棟樓閣時，我就猜到事情會變成這樣。現在，托缽回來的悟空，發現師父和不成材的師弟們都不見了，又發現已經完成任務的樓閣，變成了枯萎的雜樹林，一定會馬上想到事情的來龍去脈，坐在雲朵上，扯開喉嚨大叫：「師父、師父！」紅通通的臉更紅了。

唉，我究竟要當個旁觀者當到幾時啊？世上有一種人，會在事後說：「我就知道會這樣。」自以為是地發表自己的思考過程。即便這是多麼無意義的事、即便這種行為只會引發周遭人的煩躁，自己也得不到滿足，還

*悟空的官職。

是可以藉由這番發言，把自己思考的事實傳達給周遭人。但是，我連這種事都不做。明明從以前就知道，八戒違反悟空的囑咐，就會陷我們於險境，我卻不採取任何行動，也不說任何話，現在也只是這樣默默飄浮在半空中。搞不好，等著我們的下場，就是這樣被妖魔吃了，我的心卻無比清醒。真是的——曾幾何時，我成了這麼無力的旁觀者？

這時候，洞內的燈光突然熄滅了。可能是火盆裡用來浸泡燈心的油燒完了，周遭瞬間被深邃的黑暗包圍。正這麼想，視野上方就亮起了淡淡的光芒。我以為是火光的視覺暫留，但並不是。我勉強扭動臉部，抬眼看天花板，不由得發出「喔」的叫聲。因為我的頭頂上，不知何時出現了滿天的星星。

「八戒——看見了嗎？」

我呼喊飄浮在黑暗中的龐大身影。

「嗯，看見了。太驚人了，那是夜光石呢。」

八戒讚歎不已地說完後，發出了嚄嚄的興奮喘息聲。

沒聽見師父的聲音。可能是在心裡坐禪，意識早已遠去了。

「一定是岩盤上有很多裸露的夜光石。啊，那一帶光芒連綿相接，是不是很像銀河呢？」

聽到八戒這麼說，我突然想起一直想向他確認一件事，但不知道為什麼，老是錯過向他確認的時機。我把轉向天花板的脖子扭了回來。

「喂——天蓬元帥。」

隔了好一會，才有聲音回我：「什麼事？」語氣跟平時不太一樣，所以我不由得問他：「怎麼了？」

「不知道為什麼，我有預感你會叫我那個名字。」八戒平靜地回答。

我再次歪起了脖子。

彷彿真正的銀河橫亙在那裡似的，蒼白的光芒無聲地描繪出了八戒往日的故鄉。

那是什麼時候的事呢？

應該是在寶象國，大戰黃袍怪時的事吧？沒錯，是我和八戒難得沒有被妖魔囚禁，跟悟空一起擊退了黃袍怪之後的事。

二十七星宿的星官們，因為有同伴降臨人間淪落為妖魔，所以從天界大舉而來，協助我們擺平這件事。順利解決後，星官們打包行李要回天界時，其中一個人忽然在我耳邊嘀咕：

「咦，那個不會是天蓬元帥吧？」

我漫不經心地回說：「啊，八戒嗎？」星官又接著說：「有天篷元帥在，你們的西天之旅會輕鬆許多吧？」語氣中充滿了信賴，說得好像八戒跨出步伐，通往西天的道路就會在眼前敞開。

「他嗎？為什麼？」

我只是非常老實地反問，沒想到星官露出打心眼裡覺得不可思議的表情，直盯著我的臉說：
「為什麼？喂，他可是那個天蓬元帥呢。他的大腦十分聰明，出謀劃策、神通廣大，備受讚賞。他的用兵之妙，名震天界，是個絕代名將啊！」
星官把理由告訴了我，聲調中甚至帶有譴責的意味。
一時之間，我以為我聽錯了。在不算短的日子裡，我們一起睡覺、吃飯，有時一起拿著武器對付妖魔，我相信我對八戒的存在有一定的理解。八戒會不考慮後果，貿然闖入險境，所以我敢斷言，這世上沒有人比八戒這個男人更蠢了。悟空一定也會不假思索地同意我的說法。
「想必對付蒙昧的妖魔時，他也會痛快地消滅它們吧？啊，可能的話，我很想再一次就近欣賞他傑出的作戰本領。」
我戰戰兢兢地詢問不停懷念過往的星官：「方便的話，可不可以告訴我，星官所知道的關於天蓬元帥過去的活躍情形？」我在大腦有幾分混亂的狀態下，提出了要求。
在出發前的短暫時間，星官告訴了我，八戒以前率領銀河水軍，贏得天界所有掌聲的經歷。再怎麼想，都像是某位名將的光輝勝利的紀錄，無法想像跟八戒是同一個人。

「老實說，我跟天蓬元帥也在演習時較量過一次。但是，他徹底識破我的意圖，把我打趴了。那時候，我真的覺得他把我心裡想的事都摸透透了。儘管隔得很遠對峙，還是讓我毛骨悚然。」

「那是我晉升前的事，有點難為情，所以不要告訴元帥哦。」星官笑著這麼說，跟其他星宿將官回天界去了。印象最深刻的是，臨走前，他還對著外表跟以前不一樣的八戒的背影，拋出充滿敬意的眼神，才飛上了天空。

我沒有馬上告訴八戒這件事。原因之一是，我懷疑星官所說的話。但我更在乎的問題是「八戒為什麼會變成現在這個樣子？」他天生比一般人自戀、嘴巴也非常不緊，然而，就我所知，八戒從來沒有說過自己以天蓬元帥的身分稱霸銀河的事——這樣的事實也讓人很難拿來跟他本人的實況對照。現在，他光是在太陽照得火辣辣的大白天，默默走在荒野中，就會在鋪床時很驕傲地說：「我真的很了不起呢，一路上都沒抱怨。」他就是這樣的男人。根據我的猜測，這麼輕浮的八戒，會什麼都不說，背後一定隱藏著什麼重大的理由。

我沒有直接問八戒本人，先把這件事告訴了悟空。湊巧有兩人單獨泡澡的機會，我把星官說的話，一五一十地告訴了師兄。

「啊，我也聽過這件事。」

令人驚訝的是，悟空回我說他也聽過天蓬元帥活躍的事。我問他是聽誰說的？他告訴我某龍神的名字。那個龍神看到八戒的背影，忽然提起了以前的事，說他曾經載過指揮十萬大軍的天蓬元帥。

「根本是胡說八道吧？」

全身泡在溪流裡的悟空，露出牙齒，吱吱笑了起來。看樣子，他完全不相信那種事。

「那個傢伙吊兒郎當，怎麼可能縝密地指揮大軍呢。坐鎮後面的將軍，不能像我這樣打頭陣，隨心所欲地大打出手，必須要忍耐、再忍耐。那不是現在的他最欠缺的東西嗎？不可能啦，不可能。」

悟空絕對是個大老粗，但說到評估對方能力的本事，他可是以「擁有天才直覺」自傲的男人。悟空說的「不可能」，意思是以生物的機能來說，在不可能的範圍內。不用悟空說，看也知道現在的八戒絕不可能指揮水軍。對於這一點，我也沒有異議。

「師兄知道八戒為什麼被趕出天界嗎？」

「原來你不知道啊？」

「我知道他因為太好色，所以被趕出了天界啊。我聽師父說，他是在墜落下界的途中，誤入了豬胎內，所以變成了現在這個樣子。」

「沒錯，他老是追著女人跑，才會變成豬。這樣的生活方式，不是很適合他嗎？」

「八戒到底引起了什麼紛爭？是為了女人嗎？師父沒有說得很清楚。」

「這種事直接問他本人就行了吧？他不是一天到晚都在你旁邊，吊兒郎當地扛著耙子嗎？」

悟空三兩下就戳中了我這個觀察者、旁觀者的要害。所以，跟這隻猴子說話，一定要很小心。這隻猴子、這個號稱齊天大聖孫悟空的男人，就是非展現攻擊性不可。

「我也是犯下無聊的失誤，被趕出天界的人，所以不好開口問他。」我帶著苦笑對他說。

我用河川的水隨便洗把臉，以掩飾我多少有些動搖的心。悟空漫不經心地回我：「是這樣嗎？」然後，光著身子，嘿喲一聲，跳到了上面的岩石，再接著往上跳，用腳抓住了延伸到頭頂上的樹枝。因為光著腳，所以悟空的腳尖恢復了猴子的機能，可以跟手一樣抓住東西。

「事情很簡單，在蟠桃會之夜，那傢伙喝得酩酊大醉，對仙女死纏爛打。仙女覺得很煩，便提出告訴，因此釀成了大事，因為她是天帝的侍女。」

「師兄認識在天界時的八戒嗎？」

倒吊著搖來搖去好一會的悟空，把身體骨碌轉到樹枝上，靈活地坐下來。

「不認識。」

「他不是天蓬元帥嗎？」

「好像是。」

「這點你不否認？」

「從觀音菩薩到太白金星、太上老君等人都這麼說，應該就是真的吧？」

「那個有點遲鈍的八戒，可能當過水軍的將軍嗎？」

悟空大概是沒想到這麼多吧，從樹枝上愣愣地俯視著我，「嗯……」地沉吟著慢慢往後倒。在兩隻手抓著樹枝、兩隻腳也穩穩踩著地面的狀態下，悟空以樹枝為轉軸，骨碌轉一圈，回到原來的位置。

「這個嘛……」

悟空喃喃說道，又開始轉圈子。四圈、五圈，越轉越快，豪邁地甩乾了身體的水氣，然後「喲」地吆喝一聲，跳到了半空中。

從左右兩排俯瞰溪流的樹木中間空出來的藍色天空，浮現一團茶色的身影。才剛看到從那個身影冒出了尾巴，轉眼間，悟空就咚的一聲，降落在突出河面的岩石尖端。

「天蓬元帥啊。」

悟空一隻手摸著嵌在額頭上的金光閃閃的緊箍兒，另一隻手搔著裸露的胯下，陷入了沉思中。忽然，他明顯地掀起了嘴唇，明顯到連臼齒都看得見，發出了呵呵大笑聲。

「不可能、不可能，一定是旁邊有優秀的參謀吧。那個貪吃鬼怎麼可能擔任那麼重大的職務，怎麼想都不可能！」

❋

可能是儲存的光芒會不斷流失，上面的夜光石的亮度逐漸減弱了。我被吊在半空中，對著黑暗的前方說話。

「你真的在銀河擔任過水軍的總帥嗎？」

「是啊，所以才被稱為天蓬元帥啊。」

「我很難想像你當大將的模樣呢，八戒。」

「我想也是。」

八戒自嘲地笑了起來，鼻子還發出呼呼聲響。

「老實說，我也聽說過一次。就是……你在銀河的光榮事蹟。那個內容跟現在的你相差太多，所以我總覺得是在說別人。可是，那的確是在說你吧？八戒。」

我盡可能裝出開朗的聲音，表情卻背道而馳，泛起非常緊張的神色。幸好周遭一片漆黑，我屏氣凝神等待八戒的反應。過了很久，八戒都沒有回應。可能是鼻子不好，一直發出微微的鼻息聲。

「悟淨，不管你聽說了什麼，天蓬元帥就是我，沒有其他人了。」八戒淡淡地回答。

這時候，告訴我關於天蓬元帥之事的星官的聲音，忽然浮現腦海。

「除了天蓬元帥，沒有人可以那樣把敵方大將逼入絕境。他會深謀遠慮，選擇攻擊的方式，讓敵方完全喪失鬥志。」

據星官說，八戒的戰術重點，就是看透敵方的行動。而且，同樣的戰術不會使用第二次，會配合敵方大將的性格，有彈性地改變攻擊方式，簡直就是變幻無常的布陣。

「他是自己揮著劍上戰場嗎？」

「不，元帥什麼也不做。只是在銀河某處搭起帳幕，在那裡靜靜地觀察戰局而已。」

八戒的戰爭，總是會以奇妙的方式落幕。與八戒對峙的一方，軍隊的行進一定會到處被切斷，漸漸陷入癱瘓。機動部隊再乘機繞道突擊大將本營。據說，有時前鋒還沒被殲滅，大將就先投降了。

在天界，當然很少發生真正的戰爭，八戒的活躍僅限於演習的範圍內。但是，有一次，一名天將叛變，天帝下詔討伐。這名天將先降臨人界，再率領數萬妖魔攻回天界。接到聖旨的天蓬元帥，受命迎擊。

那是聞名遐邇的天蓬元帥的初次實戰，許許多多的天神地仙都跑來看這場戰爭。有點像廟會活動的異常熱氣，充斥戰場內外。在這樣的熱氣中，天蓬元帥率領銀河水軍出戰了。

據就近觀戰的星官說，很快就分出了勝負，快到「嚇死人」。諸神從頭到尾看完實戰後，才知道一個事實，那就是八戒在演習時的指揮，根本就沒有使出全力。八戒的攻擊就是這麼毫不留情，把對方打到體無完膚。不論對方如何使用妖魔的邪惡詭計來應戰，陰謀都被八戒徹底看穿了。八戒輕而易舉地截斷了對方的軍勢，掃蕩成為孤軍的妖魔群，把它們一舉殲滅了。對方大將很快被逼入絕境，帶著幾名隨身人員，逃離了戰場。但是，不管怎麼逃，都會從草叢和岩石背後跳出伏兵，彷彿路線在事前就被公布了。走投無路的大將，最後成為單槍匹馬，跪倒在一棵槐樹下。他猛然抬起頭，看到樹枝上垂掛著紙條，上面寫著：

「在此樹下逮捕逆賊。」

敵將「啊」一地大叫時，從四面八方拋來了繩子，就在那裡終結了叛亂。

獲得如此輝煌的大勝利，天界歡騰鼓舞。大家都極力讚賞八戒的才能，說天蓬元帥用兵之妙，是拜無比強大的神通力量所賜。當時，八戒確實成了寵兒。

我把星官描述的當時的熱絡情況，告訴了八戒。他乖乖聽我說到最後，中間不時會害羞地發出「沒有啦」的聲音。我原本擔心他會中途阻止我說下去，結果是我杞人憂天。

「勾起了我的懷念。啊，以前也有過那種事呢。」

對於以前的事，八戒絲毫沒有不想談的樣子，所以我毅然切入了疑問的核心。對向來膽小的我來說，這是無法想像的大膽作為。一定是隱藏了我的臉、同時也覆蓋了對方身影的黑暗力量，在無意識中協助了我吧？

「那麼，你為什麼……做了那種事？」

不用說，「那種事」當然是指大勝利才剛過十天，八戒就在蟠桃會引發的大騷動，亦即他被趕出天界的原因。

然而，我鼓起勇氣提出的疑問，八戒一直沒有回答。在黑暗中，只聽見他微微的鼻息聲。忽然，從我心底深處湧現了後悔的念頭。

「對、對不起，八戒，你不必回答我，沒關係。我不該得寸進尺，問你不該問的事，對不起，對不起。」

「不，沒關係。」

八戒平靜地打斷了我。

「喂，悟淨，」八戒語調緩慢地對我說：「你認為戰爭的奧義是什麼？」

完全沒想過這類問題的我，被問得啞口無言。

「這……我只是個捲簾大將，對那種危險的事完全沒有概念。」

「就是打擊指揮官的精神。」

話中處處散發著露骨的嘲諷意味。

「譬如十萬大軍與十萬大軍對峙時，不管殺死多少官兵，都跟戰爭沒有關係。因為決定勝負的不是十萬名士兵之死，而是一名指揮官的精神之死。二十萬名官兵戰得你死我活，就只是要讓對方大將覺得這場戰打不下去了。

自古以來，發生過無數的戰爭，卻有百分之九十九的案例，是大將沒有死在戰場上。因為大將都在絕對安全的地方觀看戰況，當大將在那裡覺得『啊，不能再打下去了』，戰爭就結束了。」

八戒突然饒舌地說起話來。我看著他的黑影，屏氣凝神聽他說話。

「所以，我作戰時，會先瞄準大將。可笑的是，大部分的對手，都是先思考我方的前衛會如何作戰。但那些都是騙人的，只是很誇張地向周圍大叫，就像小孩子的威嚇。沒有人知道，最重要的一件事，就是擊垮我的精神。所有人都把過程──對，就是過程──當成賭上性命的對象。

不可思議的是，可能是因為打從心底瞧不起那樣的人，我竟然可以看穿對方的思考。所以，我不可能輸。但是，只有在演習的時候可以調度大軍，所以我對自己的想法還沒有磐石般的自信。就在這時候，發生叛亂，我接到討伐的命令。那是我的第一次實戰……結果糟透了。我比演習時，更輕易地擊垮了對方，有如探囊取物。這時候，我打從心底覺得，戰爭是多麼愚蠢的事啊！不過是為了過程──打擊對方大將的精神的過程──竟然聚集了這麼多的人、收集了這麼多的武器、穿著威風凜凜的甲冑，卯起來殺來殺去，無謂到極致。大將彼此面對面，乾脆抽籤決定勝負，也不會改變戰爭的本質。大家卻刻意把眾多的生命投入戰爭，試圖演出場面浩大的鬧劇。」

忽然，八戒在黑暗中，沉靜地叫了一聲：「悟淨啊。」

「悟淨啊，聰明如你，應該知道，想靠獨一無二的框架框住世界的人，往往會陷入因單純而排他、因孤獨而循環思考的下場。也應該知道，獲得真理，世界理應更加寬廣，卻相反地，淪落為前所不能比擬的狹隘且不愉快的人的不幸現實。我的確獲得了勝利，也取得了名譽。但不知不覺中，被奇妙的心情困住，覺得所有的瞬間與瞬間，都不過是某種過程。即便是受到許多人的讚賞的瞬間、即便是正在品嘗天界獨一無二的美味的瞬間、即便是正喝著頂級仙酒的瞬間、即便是懷裡抱著多麼美麗的女人的瞬間。」

八戒的獨白究竟想說什麼，我逐漸有了朦朧的概念。

「從現在的我，也許很難想像。但別看我現在這樣，以前的我可是個長得不錯的男人，從來沒缺過女人。但是，就在那個時候，我剛才說的思想湧現腦海，我心想即使懷裡有個好女人，也不過是個過程吧？不過是為了追求更好的女人的一個階段而已吧？」

八戒稍作停頓，悲哀地嘆了一口氣。

「像我這樣，貶低過程、不愛現實、只能在終點找到唯一價值的人，可想而知會面臨怎麼樣的悲劇性結局。那是連續好幾天的宴席的最後一天。喝得醉醺醺的我，不自覺地站起來，從會場搖搖晃晃地走向了廣寒宮。我知道嫦娥在那裡，我知道號稱天界最美麗的女人在那裡。但是，她根本不可能理會突然翻牆出現在庭院裡的醉鬼。她尖叫著逃跑了。其實，我到現在都無法確定，當時出現在我眼前的女人，是不是嫦娥本人。女人跑掉，把我惹火了，我追著她，闖入了裡面，全然不知裡面正在舉辦西王母的蟠桃會。之後如你所知，我被接到通報趕來的諸神抓住，一度被宣判了死刑。後來看在我元帥時代的功績，酌情減刑，被判杖責兩千大板，貶入人界。但是，在墜入人界的途中，失誤撞到豬，就變成了這樣。」

在嘶啞的笑聲混雜著嚄嚄鼻息聲的前方，龐大的身影不舒服地搖晃著。頭頂上的夜光石，已經完全失去了亮光。我思索著該對他說什麼，無力地將視線垂落在充斥著深沉黑暗的腳下。嵌入胸部的繩子的疼痛感，忽然增強了。

「悟能啊——」

這時候，洞內平靜地響起三藏法師清澄的聲音。

「悟能啊。」

師父又叫了一次觀音菩薩為八戒取的法名。

「那麼，你為什麼會加入這個取經之旅呢？以西天為目標，每天只是不停地走路的生活，不正是你討厭的『過程』嗎？」

我猛然回神，仰望浮現在八戒前方的人影。

「這個嘛……師父，」八戒把身體扭來扭去，用靦腆的聲音說：「因為是跟師父們一起旅行，我才能持續下去，沒有逃跑。」

「沒有逃跑？」

因為聽起來不像八戒會說的話，我不由得反問。

「悟淨，其實我都知道，最痛苦的是過程。我更知道，在人界跟天界不一樣，過程裡有時存在著最寶貴的東西。」

八戒正要往下說時，從完全不同的方向，傳來什麼笨重的東西相撞擊似的聲響，很像岩石崩塌的聲音，同時引發劇烈的震動。接著，響起眾多妖魔的吶喊聲、慘叫聲。我責備似的喃喃說道：「啊，終於來了，也太晚了吧？真是的。」

「是那個男人教會了我這件事呢，師父。」八戒用強忍著不笑出來的聲音說：「就是那個粗魯、兇暴、無可救藥的惡劣猴子教會我的。」

彷彿回應那句話似的，堵住我們被囚禁的洞的厚重的門，咚地發出了聲響。可能是與外面的交界稍微敞開了，烏漆抹黑的洞內終於有光線照進來了。但門外面卻映著奇妙的紅光，我正覺得訝異，門就被猛烈的熱風吹走了，眼前出現了纏繞著轟隆火焰的火龍。

「您沒事吧？師父！悟淨、八戒，你們還活著吧！」

騎在火龍背上的悟空宣告自己到來的大嗓音，在洞內繚繞迴響，強烈到連岩石都被震動了。

我走在路上。

眼前是不知道何時會結束的一望無際的沙漠。

悟空直直望向前方，牽著馬韁走在最前面。師父坐在馬上，微低著頭，身體搖來搖去。八戒跟在他們後面，他每喊一次「好熱」，我就會看到扛在肩上的耙子的前端，毛毛躁躁地變換位置。

我從背後看著八戒被兩腋、背部的汗水濡濕的直裰僧衣，想起走出金兜洞時，八戒壓低嗓門對我說的話。

「其實，我是來到人類居住的下界，才知道人類是會產生變化的生物。喂、喂，不要露出這種怪異的表情嘛。沒辦法啊，我一直都住在天界，活在天神地仙的包圍中。你也知道，他們的存在跟人類完全相反，被賦予所謂永遠不變的義務，是一種『絕對』的存在。在那裡，從一開始就沒有過程，只有被完成的結果。相對而言，人類是多麼不成熟、多麼脆弱啊！我會在重生為人的瞬間，變成吊兒郎當的模樣，也可以說是拒絕過程的人理所當然會面臨的結局吧？但是，我並不討厭我現在的樣子。說實話，比起天蓬元帥的時候，我還稍微比較喜歡現在的自己。」

有陣風從我耳邊吹過，我扭頭往後看。在平坦的沙丘重重交疊的風景中，有一條線歪七扭八地延續著。這條偶爾會被沙子掩蓋的線，綿延連接到我們腳下。

結果，在洞穴裡沒聽八戒說完，不知道他究竟是看到悟空的什麼，才決定繼續旅行的。事後我問他，他也只說「別問了」，馬上把話題撇開。不過，補上了一句話。

「那隻猴子很了不起呢。悟空確實在不斷改變中。經過這趟取經之旅，不知道他會變得多強大呢。所以，我也想向他看齊一下。」

當他靦腆地補上這句話時，我知道這隻可愛的豬，已經跨出了新的一步。

我邊用手上的寶杖在沙上劃著線，邊想著事情。歷經在流沙河的河底獨自度過的鬱悶時代，到現在跟師父、師兄弟們一起踏上前往西天的旅程，自己究竟改變了什麼？只能這樣殿後、扮演默默扛著行李的消極角色，就像河川底下的石頭，我一直沒能擺脫那樣的存在吧？

「喂，悟淨。」

這時候，突然從後面響起悟空的聲音。我驚訝地回頭看，發現我在不覺中超越了悟空。

「你怎麼了？」悟空問。

我搖搖頭說沒什麼，把頭轉向了前方。前面沒有任何人的氣息，放眼望去都是被沙子覆蓋的光溜溜的大地。看不到八戒的鬃毛，也看不到悟空的虎皮腰帶。完全未開化的景致，新鮮地映入眼簾，連我自己都覺得不可思議。

悟空跑到我旁邊，我壓低嗓音，對他提出了要求。

「可以讓我暫時走在前面嗎？」

「嗯，可以啊。」悟空不知道為什麼盈盈笑著，一口答應了。

我點點頭，比悟空多前進了幾步，但很快又回頭問他：

「不好意思，請問要如何決定前進的路線？」

「你是白癡啊？」

悟空的聲音裡帶著無奈，拉住馬轡，讓馬停下來。

「你以為會有哪裡豎立著路標，上面寫著西天往這裡走嗎？你想往哪裡走，就往哪裡走，這樣就行啦！」

這句話宛如當頭棒喝，給了我重重一擊。

「走你想走的路吧，悟淨。即便稍微繞了遠路，也只要折回來就行了。不過，可以的話，還是希望你可以走最近的路。」

我邊聽著八戒說的話，邊重新揹好背上的行李。

「我知道啦。」

沒有人走過的世界在我前方展開，看不到任何人的足跡，沙丘像波浪般一波挨著一波。我深吸一口氣，向前邁進一步。彷彿被踩下去的鞋子吸走般聚集過來的沙子，很快又崩潰四散了。我看著這樣的沙子，把寶杖的前端插入了應該前進的路線上。

這一瞬間，我覺得我的生命風景，似乎有了一點點的改變。

趙雲西航

大鼓鼕地一響，如蜈蚣般從樓船側面伸出來的槳，便配合渾厚的吆喝聲，同時敲下了水面。槳追逐著撥開的水流，在河面形成的小漩渦，很快就擁抱著泡沫消失了。男人從船的邊緣，俯瞰著這樣的景致。當下一記鼓聲鼕地響起時，他如配合鼓聲般，對著顏色混濁的大河，開始小便。

可能是從早到晚都坐著的關係，怎麼尿都尿不乾淨。男人上下動了好幾下下腰部，才終於尿乾淨了。他綁好腰繩、調整好甲冑的位置，走回樓梯。

樓船的構造，就像堆箱子一樣，是在中央疊起兩層樓的建築。包圍最上面一層樓的板壁，插著五顏六色的小旗子。代表這條船是軍團的旗艦的「劉」字，迎著江水的風，狂烈地飄揚。男人效忠這面旗子，已經長達十五年。

男人震響著甲冑，從樓梯走到最上面一層樓。盤腿而坐的巨大背影，映入他的視野正中央。

「那是我的位子，張將軍。」

被稱為張將軍的男人，扭轉圓木般的粗脖子，用圓圓的大眼珠瞪著他。

「坐哪裡都沒關係吧？」

男人沒有被他粗暴的口吻嚇到，冷靜地回他說：

「鬍子兄不是說過嗎？你的墊子特別塞了滿滿的羊毛。萬一你在關鍵時刻不能騎馬，就打不了戰啦。」

因為長年在戰場度過，所以男人的聲音完全分岔了。這幾天，不停吹著來自河面的強風，有時連自己都聽不清楚自己在說什麼。但是，不可思議的是，在戰場上，吶喊聲會成為猛烈的鞭子，鞭打自己人的耳膜，與燃起的勇氣同時從背部推自己人一把。不過，再怎麼樣，也比不過坐在眼前的這個高大的男人，在迎敵時發出的如打鼓般的咆哮聲。

「張飛，請你移到紅色那邊，不然你的痔瘡會越來越嚴重。」

可能是天生的急性子，張將軍亦即張飛，粗暴地咂舌說：「煩死人了！」用一張大手掌拍打地板，站起身來。出陣的早上，他稍微整修過下巴的四周，但從公安港出航已經十天了，現在臉的下半部又長滿了密密麻麻的鬍鬚，恢復大家眼熟的虎鬚臉了。

很不耐煩地移到紅色墊子上的張飛，只有在坐下時，小心地確認屁股位置才坐下來。他把抱在腋下的頭盔放到地上，打了個大呵欠，用大拇指擦拭眼角的眼屎。應該是剛才在樓下房間熟睡過。年紀都快四十歲了，動作卻有點像身材壯碩魁梧的小孩子，給人難以形容的奇怪感覺。然而，只要上了戰場，這個虎鬚將軍便會展現超越常人的活力，沒有任何男人能與他相比。畢竟，他曾經在長坂橋吆喝一聲，就擊潰了蜂擁而來的曹操率領的五千大軍。

「張飛一騎，抵十萬士兵。」

據說，直到現在，敵軍之間對他的評價都是這樣。

「你總不會離開房間後，從早到現在都坐在這裡吧？」張飛問。

男人只短短回了一句：「是的。」

「在兩邊都是絕壁的這種河川上，再怎麼提高警覺，也不會有人攻過來。你看那個懸崖，不管任何動物，除非有翅膀，否則不可能下得來吧？」

張飛又語帶嘲諷地補上一句：「你這傢伙就是這麼認真。」然後探出上半身，看著在地板上攤開的地圖。

「我的個性還是不適合搭船，不自己走路，就不覺得在前進。」

這麼嘀咕後，他瞪著地圖好一會。

半晌，他抬起頭，叫了一聲：

「喂，趙雲。」

「幹嘛？」

「我們現在到哪裡了？」

男人浮現不快的表情，在張飛走開後的墊子坐下來。

「大將是你吧？」

用尖銳的嗓音說完後，男人用手指敲打地圖上名為公安的地點，先說明：「這裡是出發處。」然後快速地彎來彎去橫斷中央部分，從右至左劃出一條粗線。「目前在這附近。」他的手指先在中間一帶稍作停頓，然後沿著分出去的線前進，直到寫在線左邊的「成都」這兩個字。

「還很遠呢。」

大將說得有點渙散，男人的眉頭瞬間浮現神經質的表情。但是，可能是認清話中無法否認的事實，用沒什麼力氣的聲音回應：

「是啊，很遠。」

兩名將領不約而同地抬起頭，仰望包圍板壁的小旗子。「劉」的旗子在風中瘋狂地飄揚，守護著樓船在河面上劃過的航跡、守護著跟在樓船後面的幾十艘船的船團。

他們正一路向西行，溯長江而上。

❁

一個是張飛，字益德。

一個是趙雲，字子龍。

在同一時代，只要是拿過劍的人，一定都聽說過這兩人的英勇事蹟。他們是與魏國的曹操、吳國的孫權爭霸天下的劉備的旗下老將，長年累積的功動不計其數。他們的雄壯威猛，與「美髯公」關羽並駕齊驅，已經跨越敵我界線，成了活生生的傳說。

然而，船上這兩人有違世間華美讚賞之聲，從剛才就擺出沒什麼霸氣的表情，沉默寡言地面面相對。張飛坐立不安、心神不寧，應該是因為痔瘡的狀況不太好。趙雲也滿臉不悅，仰望著多雲的黃昏天空，但他其實是因為暈船。從公安港出發已經過了好幾天，他卻一直無法適應船上的生活。可以的話，他也想跟張飛一樣，在室內休息。但是，一進入被隔得很狹窄的房間，他就覺得頭暈，胃一帶馬上發出動盪的訊息，雖不到不能待的地步，但沒辦法久待。

三天前，趙雲滿五十歲了。

那天晚上，船被風吹得不停地搖晃，他難以成眠，想起父親年紀輕輕才四十歲，就死於落馬的意外。知道自己已經比父親多活了十年，趙雲一陣慄然。同時，也自然地接納了自己的現況。長大成人後的他，幾乎所有時間都在戰場上度過，已經根深蒂固地塑造出了自己的「形」，現在很難再適應新的生活習慣了。

所以，趙雲幾乎一整天都待在甲板上。風吹到臉上，暈眩的感覺就會奇妙地消失。五臟六腑還是一樣不安分，但舒服多了。

前幾天，他有事去了後面的船，正好看到諸葛亮窩在房間，氣定神閒地看著書。在搖晃的船上閱讀文字，是趙雲無法想像的行為。這個男人會這麼做，一點都不稀奇。這樣的行動根本就是他平時給人的印象，令趙雲佩服不已，直盯著姿勢端正地看著手中書籍的年輕軍師的側面。若要比臂力，趙雲現在就可以瞬間按倒這個白面書生般的男人。但是，若要比在船上默默盤坐，趙雲就怎麼也沒有勝算，所以，人類真的很難理解。

趙雲的視線邊茫然地追逐著聳立在兩岸的峻峭絕壁，邊望向船團前進的方向。貫穿山脈、流過峽谷的長江流域的風景，是前所未見的險峻地形的綿延，氣勢之磅礴遠勝過傳聞。但趙雲從小習慣了華北的平坦風景，看在他眼裡，總覺得這裡的風景有太強的侵略性。張飛剛開始也興奮得像個孩子，不停地發出歡呼聲，但是，才兩天就厭倦了。

「這裡的風景讓人眼花撩亂。」

他開始說些不屑的話，現在連看都不看了。

夕陽宛如嵌入了包夾前進路線的岸壁，消失了蹤影。夜晚的黑暗追逐著落日，漸漸覆蓋了西方天際。他們正眺望著這樣的景色時，背後響起了敲擊木板的鞋底聲音。回頭一看，負責船的航運的將領，正好從樓梯探出頭來。將領說前面的河川突然變窄，會提高觸礁的危險，所以希望可以在這一帶停止今天的航行。

「知道了，拋下船錨吧，也發信號給後面的船。」

張飛挺起胸膛，鄭重地囑咐。

但是，部下的身影一消失，他就大大地吁了一口氣：「呼！」

然後整個人躺在墊子上。

從大約二十五年前，在涿的桃園，與主君劉備、關羽結拜為義兄弟後，這個男人至今都是使用他超出墊子的龐大身軀，一心一意地保護主君的安全。他們之間的強烈羈絆，帶著一點瘋狂的味道，連趙雲都不敢介入。他發揮的蠻勇，實際上也從危險中救過好幾次主君的性命。儘管如此，張飛也跟趙雲一樣，是個上半生都在中原馳騁，只在馬背上作戰的男人。趙雲以前聽主君說過，知道張飛不但對船一無所知，而且連游泳都游不好。

也就是說，再怎麼具備古今無雙的勇將資質，趙雲和張飛在這裡都是英雄無用武之地。從樓下甲板傳來士兵們忙碌地走來走去的聲響，大鼓開始擊出跟之前不一樣的拍子。當下令停航的高亢聲與櫂的划水聲同時響起時，趙雲忽然皺起了眉頭。感覺被飛蟲扎了一下般的淡淡不快感，倏地閃過了心頭，不過，只是短暫的一瞬間而已。

趙雲歪著頭，傾聽自己內心的聲音，又把視線拉回到地圖上。再望向張飛時，他露出訝異的表情，臉部靜止不動了。

自從十天前開始水上行軍後，經常會有淡如水紋般的情感，冷不防地造訪他的心靈，但是，在他描繪出清晰的形狀前就消失了。

起初，趙雲以為那只是因為暈船造成肉體上的不快而引發的。屬於陸上的人類在船上活動，無論如何都會深切感受到自己的無能。他一直以為，或許那個情感是來自面對自己的無能時所產生的與生俱來的抗拒。

然而，就在這一刻，趙雲突然找到了那個情感的來源。

那就是張飛。

面對這個托著腮幫子、很快打起盹來的男人，平時一下子就逃之夭夭的那個情感，不知道為什麼一直留在體內。不，不只這樣，連輪廓都一點一點地變得清晰了。

張飛閉著眼睛，悠哉地抓著布滿下巴的虎鬚。趙雲用看到什麼怪東西般的眼神，看著這個高大男人的臉。

但話說回來，趙雲實在想不出會對張飛抱持那種負面情感的理由。

的確，在評斷張飛這個男人時，若要大大稱讚他的為人，對趙雲來說會有不小的抗拒。

儘管認識很久了，趙雲還是經常可以從張飛的粗暴舉動、偶爾展現的過度殘忍行為，看到他跟自己之間的決定性差異。現在有部下站在板壁前的瞭望臺上，大將卻擺出這種毫不設防的姿勢，也完全違反了趙雲的潔癖倫理觀。

但是，另一方面，對於以異常取代日常的人種，亦即包括自己在內的亂世軍人，趙雲也抱持著寬容的心態。他可以把張飛的行動切割開來，視為軍人的必然行為。不僅如此，他也知道這個男人的強勁，是來自偶爾展現的赤子般的天真無邪。有時，他甚至會想，如果自己也能學習張飛的放鬆方式，稍微緩解船上生活的鬱悶該有多好。歸根究柢，表現得像君子的張飛，就不是張飛了。無瑕的蠻勇才是他的本質。

想到這裡，趙雲苦笑起來。

因為他發現自己很滑稽，在探討原因時，列出來的竟然都是對方沒有錯的資料。

樓下士兵以粗獷的嗓音發出信號後，隨即響起了更洪亮的鼓聲。空氣與周圍的板壁同時震動起來，因為身體輕微搖晃而張開眼睛的張飛，有點尷尬地對上了趙雲的視線。

「啊，肚子餓了。」

他悠哉地重新托好腮幫子，用嘶啞的聲音發牢騷。

過了一會又說：

「真想趕快見到家兄——見到主君啊。」

這時，有什麼東西在趙雲胸口彈跳起來。

通知船團停止航行的鼓聲持續不斷，在峽谷間繚繞迴響。聽著鼓聲的趙雲，表情有些僵滯，注視著又打起了大呵欠的大將的臉。

主君劉備被請到益州，幾經迂迴曲折，與身為益州牧的劉璋開戰後，已經兩年了。

攻打雒城時耗費了不少時間，又在戰役中失去了參謀龐統的劉備，眼看蜀地中心成都就近在眼前了，終於決定從總根據地荊州叫來援軍。

建安十九年四月，張飛、趙雲、諸葛亮等將領，帶領一萬名士兵從公安港出發，開始溯航，計畫在途中收編散布於長江沿岸的據點，然後在江州上岸，改從陸路攻入成都。

劉備以荊州為據點的四年間，趙雲全心全意致力於軍隊的訓練。他走遍整個荊州，投注所有心血築起了防禦陣線，用來防備國境相鄰的魏國的曹操、吳國的孫權。

這其間，儘管經常存在著外交上的緊張，但荊州依然守住了不可思議的小康狀態。

血氣方剛的張飛，會在酒宴席上不經大腦地說：「有點懷念戰爭呢。」每次都會被主君斥責，但那應該是在場的所有將領的真正心聲吧。聽到義弟說：「沒辦法，武藝都生疏了。」關羽只是默默笑著。其實，剝去假面具，他也是跟張飛同樣想法。當張飛發酒瘋說起在虎牢關第一次迎戰呂布的往事時，連趙雲都會在剎那間懷念起戰爭的味道。

沒有主要根據地，到處流浪的劉備軍，在趙雲的記憶中，戰敗的次數遠遠多過戰勝的次數。每次逃出敵人如虎狼般的執拗攻擊，九死一生活著回來時，身體深處就會湧現一個叫聲。

「我再也不要戰爭了。」

這是完全真實的吶喊。然而，另一方面，戰爭前的寂靜、甲冑內側的劇烈心跳、在戰爭開始時響起的撼動戰場的馬蹄聲——這些帶來的興奮，也是戰爭的真相，是否該說是悲哀呢？

因為這般，終於收到進攻益州的命令時，被任命為大將的張飛欣喜雀躍地搖起龐大的身軀，受命留守江陵的關羽則是咬牙切齒，懊惱不已。

在城外訓練場接到通報的趙雲，與士兵們熱血沸騰的反應相反，表情幾乎沒有改變，馬上開始準備出陣。

「不愧是趙子龍，不管任何時候都這麼冷靜。」

關羽等人都半嘲諷地對他這麼說。然而，趙雲其實是一團混亂。因為在心中悄悄期待的日子終於來臨了，他的心卻處於背離情緒高漲的狀態。

首先，趙雲猜測，應該是必須過一陣子自己不擅長的水上生活的不安，引起了這樣的心理作用。

其次，他擔心是不是年近五十的肉體的衰老，對精神的積極性產生了不良的影響。

甚至懷疑，是不是因為過慣了平穩的日子，所以罹患了軍人最引以為恥的名為「膽怯」的疾病。他的心染上了不協調的色彩，幾乎無法想像那會是戰爭前的狀態。

出發的兩天前，趙雲突然在天還沒亮時就出去狩獵，連隨從都沒帶。他把在很多戰場保護過他的生命且屠殺敵人至今的涯角槍夾在腋下，一個人進了山裡。因為他以前聽山下的村人說過，最近有隻怪物般的巨大山豬住進山裡，會攻擊人，已經死了三個人。

在山裡徘徊了半天的趙雲，下馬找水喝時，在谷底的溪流遇見了那隻山豬。他從來沒見過那麼大隻的山豬，簡直就像大岩石有四隻腳、有兩根尖牙，起碼有五百斤的重量。

看到那麼龐大的身軀，趙雲不由得心生怯意，山豬便乘機發動了猛烈的攻擊。趙雲回過神來時，已經來不及架好背後的弓箭，瞄準撲過來的大豬了。

他趕緊改變持槍那隻手的方向，把手往後拉。巨大的身影發出野蠻的鼻息聲，如濁流般覆蓋了趙雲的視野，他放聲大叫，把槍擲向了那個身影。同時，趙雲頭朝下跳進了溪流。他在水裡架好弓箭，再浮出水面時，看到大豬已經在溪流邊斷了氣。情急之下扔出去的涯角槍，精準地貫穿了眉間，擊碎了怪物的頭蓋骨。

經由這般證明了自己的武藝沒退步，也跟膽小無緣，趙雲便搭上了前往蜀地的軍船。

然而，身為軍人的自信是恢復了，卻還是沒有解決當初的疑問。站在從公安港出航的軍船的船頭眺望著長江，心卻還是熱不起來，趙雲實在無法理解為什麼會這樣。不過，握著劍、穿著甲冑、在船上生活幾天後，那個疑問就在不覺中消失了。正確來說，是士兵們出陣時的熱情，隨著進入蜀地逐漸降溫，趙雲的精神也很自然地被周遭同化了。

正因為這樣，當莫名其妙的不快感，彷彿取代那個疑問出現時，趙雲才會從自己所擔心的暈船症狀去找理由。

然而，不快感的來源，似乎跟暈船沒有任何關係。

當命令船團停止的鼓聲靜止時，那個張飛不知道是不是真的睡著了，在墊子上托著腮幫子，一動也不動。船都停下來了，暈船的感覺卻依然強烈。趙雲在眉間擠出困惑的皺紋，站起身來，丟下張飛往樓梯走去，想去走一走。有幾個士兵聚集在甲板後方，準備拋下船錨。趙雲擠進那群男人裡面，跟他們一起搬運被繩子纏繞起來的大石頭。太陽已經西沉，河水很快就被夾抱左右的峽谷的黑影包覆了。士兵們剛開始似乎沒認出這個強行加入工作行列的人是誰，從微微發亮的甲冑發現是趙雲時，現場立刻被緊張的空氣覆蓋了。

船錨在吆喝聲中被拋了下去。聽到伴隨著盛大的水花發出的落水聲，感覺心情好多了。趙雲又往另一個船錨走去，士兵們趕緊追著他跑，在甲板點燃了篝火。

把第二個船錨沉入紅紅火光閃爍搖晃的水面後，趙雲正在慰勞士兵的辛勞時，突然聽見船下有人叫他的名字。他站在船邊，看見有艘聯絡用的小船正往船側靠近。一名部下舉起篝火，照出一個修長的身影，站在小船的船頭。

「嗨，子龍兄。」

諸葛亮把羽扇擺在胸前，用嚴重鼻塞的嗓音，必恭必敬地向趙雲致意。

❁

「怎麼了？軍師大人。」

「要不要去那邊的沙洲？今晚在那邊用餐吧？」

諸葛亮用羽扇指著船的左岸。那裡有片狹窄的沙洲，形成黑影延伸。諸葛亮說已經確認過安不安全，趙雲點點頭說：「我知道了，那就去吧。」

「要不要邀張將軍一起來？」

「他在睡覺，就不要叫他了。」

趙雲沿著繩子，敏捷地滑到小船上。諸葛亮聽到他的回答，笑著指示船伕把船划到岸上。
「軍師大人，你的聲音很糟糕呢。」
「我好像感冒了，因為晚上真的是寒冷刺骨。土地不同，氣候也不同。我一直很小心，卻還是搞得這麼狼狽。」
諸葛亮用羽扇遮住下半張臉，嘶嘶吸著鼻涕。
「趙雲兄怎麼樣呢？有好轉了嗎？」
趙雲一時半刻無法理解這句話的意思，諸葛亮瞇起羽扇上方的眼睛，用空著的手做出了搓揉胸口的動作。
「我是說暈船。」
向來很小心，盡量不讓感情外露的趙雲，不由得張大眼睛，發出了「咦」的叫聲。
「看就知道啦。」
諸葛亮輕搖羽扇，簡潔地點了點頭。
趙雲從來沒有把這件事告訴過任何人。諸葛亮從划上岸的小船輕盈地跳下來，快步走在沙洲上，似乎要避開臉色更加陰沉的趙雲的視線。

狹窄的沙洲上，已經到處都是上岸的士兵，架起爐灶，準備做飯了。

「請這邊走。」

諸葛亮帶著趙雲往裡面走。幾乎呈垂直矗立的斷崖崖下，被篝火照亮，不知何時已鋪好了墊子。

坐下來時，暌違已久的觸感，讓趙雲微微吐出了安心的氣息聲。透過墊子傳來的大地的觸感，甚至帶著柔軟，讓趙雲更加肯定什麼場所才適合自己。他喝口遞過來的茶，仰望天空，看到晴空萬里，虧損的月亮飄浮在峽谷之間。爐灶的煙從四面八方冒出來，在月光照耀下，白白地搖曳著。周圍的水流聲平靜祥和，幾乎讓他們忘了自己正在前往戰場的途中。

簡單的餐點送來後，趙雲和諸葛亮開始討論今後的行程。自從主君劉備入蜀以來，諸葛亮為了這次的遠征，從後勤軍需、水手的調派到所有策畫都一手包辦。與劉璋之間開戰已經兩年多了，途中的據點，他都已經打點過，與所有人簽訂了倒戈的約定。可以說是在江州上陸後，戰爭才真正開始。

「打下江州後，還會請子龍兄前往江陽。」

「那是──騎馬去呢？還是坐船？」

「很遺憾，是坐船。」

聽到這樣的回答，趙雲默默地繼續咀嚼。諸葛亮看到他這個樣子，毫不客氣地笑了起來。

「子龍兄也有不擅長的事呢。」

這句話說得太白了，所以也難怪趙雲會生氣地說：「我不知道！」把碗內的東西一口氣扒光了。

諸葛亮成為劉備軍的一員，已經有七年的歲月了。但是，趙雲與諸葛亮這樣兩人長談，老實說是第一次。

他與平時主要從事行政工作的諸葛亮，活動場所原本就不同，見面的機會也只有在半年一次或兩次的酒宴席上。然而，即便是在那樣的場合，身為武官的趙雲，多少也會有「諸葛亮等文官們，總是說著自己無法理解的話語，只喜歡紙上談兵」這樣的偏見，所以不會積極地想接近他。

而且，諸葛亮是在劉備軍隊中大放異彩的存在，趙雲從以前就不太會應付這種人。說到這個諸葛亮，他被採用的原委，也是「過去沒有任何經歷的不滿三十歲的無業遊民，突然被劉備親自拔擢，當上了軍師」這種令人難以想像的來龍去脈。那也就算了，他自己竟然也把這種事當作理所當然，我行我素到了極點，完全沒在客氣。他本人絕對不會討好主君，但也不會濫用權勢。而且，聽說能力出類拔萃，行政效率在這幾年有了戲劇性的改善。但是，趙雲有時聽說關於他的言行舉止，會覺得那是「新人」常見的過度自我膨脹的精明。也就是說，趙雲與諸葛亮認識至今，都是把他歸類於「跟自己不會有交集」的人。

若不是出現了暈船症狀，趙雲恐怕不會答應諸葛亮的邀約。也因此才有機會偶然地坐在一起，邊吃飯邊這樣聽著年輕軍師的鼻音。結果，趙雲知道了一句話的意思。

「有能者在旁，世界就會更加寬闊。」

以前劉備這麼稱讚過諸葛亮，現在趙雲知道這句話的意思了。

「在成都西北，羌卒居住的附近，有全身長滿白毛，唯獨手腳、耳朵、眼睛周圍覆蓋著黑毛的熊棲息。性格溫和，只吃竹葉，是很特別的熊。攻陷成都後，我一定要親眼去看一次。對了，也可以養養看，說不定很有趣。」

諸葛亮突然說起了不知道是真是假的事。

「成都的夏天就像住在蒸籠裡面，又悶又熱。太陽比較晚升起，天氣又差。夏天期間，幾乎都是陰天，洗滌的衣物都不容易乾。」

趙雲聽他說得好像去過那裡，就問他是不是去過。

「沒有，小時候，為了逃離戰爭，從徐州遷移過來後，我只離開過荊州一次，就是去柴桑城拜訪孫權公。啊，這次遠征是第二次。」

諸葛亮不假思索地回答。然而，聽著他說的話，原本只覺得是遙遠異國的蜀地，就突然變得很靠近了，真是不可思議。

這個男人與趙雲接觸過的劉備旗下的人，顯然是不同的人種。趙雲這個人向來只相信自己手中的槍，以及與槍尖接觸範圍內的事物。但是，諸葛亮宛如把整個大陸擺在掌心上，俯瞰這片大陸。對趙雲來說，蜀地只是在地圖上茫然延伸的空白，卻被他說得好像是走出房間就能到的中庭之類的地方。

可能是因為手上的碗冒著蒸汽，諸葛亮的鼻涕流個不停，暫停說話時，他就會用力地嘶嘶吸鼻子，趙雲從剛才就聽得很難過。然而，就是這個男人把蜀地的模樣告訴了主君，一舉點出了至今沒有人注意過的邊境地方的重要性。

原來如此，這個男人根本不需要赤兔馬，因為他的眼睛就能化為翱翔千里的鳥。主君劉備非常了解這一點，才會聘用這個男人。這樣的事實，現在才對趙雲造成了不小的衝擊。從包括自己在內的關羽、張飛等共同經歷過無數戰爭的老部下，絕對得不到的成果，劉備轉而向看似柔弱書生的男人尋求，並得到了確切的答案。趙雲不得不帶著一絲落寞的心情，承認那之中有著明確的時代變化與新世代不斷興起的現實。

「對了……有件事我只在這裡說，子龍兄，你並不贊成進攻蜀地吧。」

諸葛亮突然改變了話題，趙雲停下正要往嘴巴移動的筷子問：「為什麼？」疑惑地看著他。

「我認為子龍兄若是要進攻，一定會堅決選擇北邊的魏國。」

「不，沒這種事。要進攻哪裡，並不是我可以決定的。」趙雲搖著頭說。

「北方不行喔。」諸葛亮根本沒在聽趙雲說話，壓低嗓門說：「現在無論怎麼打，都打不贏魏國。必須先取得蜀地，儲備國力，才能跟魏國一決勝負。」

「軍師大人，你為什麼突然這麼說？」

「從你軍隊的部署就看得出來了。當然，我們與吳國是同盟關係，所以你多派一些軍隊去魏國那邊也無可厚非……但是，我所建議的入蜀準備，你並沒有派人手過來。而且，出陣時，你的表情看起來似乎有些陰鬱。」

諸葛亮邊吸著鼻子，邊漫不經心似的說著。趙雲覺得，背部剎那間掠過了一股寒意。

「不、不，這是你的誤解。」趙雲慌忙否認。

「蜀是不可思議的土地。」諸葛亮呷一口碗內的東西，喃喃說道：「到這裡的一路上，看著似乎不屬於這世界的峽谷風景，我經常會懷疑，是不是穿過這片霞霧，就會迷路走進仙人的國度呢？沒錯，蜀是比荊州偏僻，更不能與中原相比。但我還是在蜀下了賭注，不打算回荊州了。」

諸葛亮突然加強了語氣。

「我想要真正屬於自己的國家啊，子龍兄。」

他直視著趙雲的臉。

「正確來說，或許我最想要的是故鄉，更勝過國家。我沒有故鄉。我出生的地方，被戰禍波及，整個村子都毀滅了。現在擁有的荊州，也只是向吳國借來的土地，還不知道今後會怎麼樣呢，端看我們跟孫權公之間的關係如何。我希望擁有所有人都承認的永永遠遠維持和平的自己的國家；我希望擁有可以稱為故鄉的地方，所以，我在蜀地下了所有的賭注。」

趙雲帶著一肚子的疑惑，面對從他細長清秀的眼睛射出來的強烈眼神。

諸葛亮看著一時說不出話來的趙雲，用鼻音問他：

「子龍兄，你的故鄉在哪裡？」

「常山。」

扼要回答的趙雲，停下了正要把碗拿到嘴邊的手。

被大地的觸感包圍，暈船的感覺好不容易褪去的趙雲的心，剎那間又浮現了那個如肉刺般的微微不快。

諸葛亮似乎察覺到他這樣的狀況，突然閉嘴不說話了。兩人之間陷入沉默，感覺在峽谷幽幽迴響的大河聲，音量突然增大了。趙雲在背後篝火的照耀下，注視著自己粗糙的手掌。風從峽谷呼嘯而過，吹動了兩人映在沙洲上的影子。士兵們正要把做好的飯菜搬到船上，趙雲一面聽著他們的充滿活力的吆喝聲，一面默默尋找還在胸口悶燒的不快感的原因。不，正確來說，應該是從對方飄過來的吧？

「真是的——什麼都被軍師看透了。」

趙雲用嚴重分岔的聲音喃喃說道。

「咦，你說什麼？」

「我想我差不多該告辭了。」

諸葛亮滿臉驚訝地說：

「今天請在這裡休息。我會回船上，子龍兄請在這裡好好休息。」

但是，開口留人時，趙雲已經站起來，走在沙子上了。

他把開上沙洲停泊的小船推下河裡，回過頭去，看到諸葛亮呆呆站在墊子上的身影。

「不要感冒了，軍師大人。」

趙雲揮揮手，把腳踩進了小船裡，囑咐急忙上船的船伕開回樓船。

❁

張飛跟剛才一樣，坐在最上層樓的同一個地方，喝著茶。看他那樣子，是剛用過餐。趙雲看到飯菜擺在自己的墊子前面，便說自己去了沙洲，在那裡吃過了。果不其然，張飛馬上說：

「那麼，可以給我吃嗎？」

趙雲坐下來，把飯菜推到張飛前面。

這個大胃王大將，總是叫人幫他準備兩人份的飯菜。他已經吃光了那些飯菜，食欲還是絲毫不減，吃起了趙雲的飯菜。

「對了，子龍，你是不是最近滿五十了？」

「啊，沒錯。不過，不要到處說。」

「以前雲長說過，滿五十後，什麼時候死都無所謂了。你也這麼想嗎？」

雲長是關羽的字。趙雲合抱雙臂，回問他：

「他的意思是對這個世界沒有眷戀了嗎？」

「不知道呢，那個鬍鬚大叔就是喜歡裝出不合身分的詩人模樣，所以說那種話可能只是為了耍帥。我嘛——嗯，我再四年就五十了。我應該不會想那種令人敬佩的事，因為我還想擁抱更多的美女、還想在戰場大打出手、也想再喝美酒，恐怕活一百年都覺得不夠。」張飛豪邁地大笑。

「喂，張飛。」

「幹嘛？」

「你會想念故鄉嗎？」

張飛用訝異的眼神看著他，似乎在說：「怎麼突然問這種事？」

「故鄉？你是說我父親、爺爺在涿開的豬肉店嗎？為什麼？我怎麼可能想念那種地方呢。」

回答得好像很生氣。

「我想——真要說起來，我這個故鄉應該是家兄吧。是的，自從我二十五年前離開涿以後，一直跟我在一起的主君，才是我的故鄉。」

很快把飯菜吃完的張飛，如陶醉在自己的話裡般，雙頰泛紅地說：

「也就是說，我正飛快地奔向故鄉。」

趙雲的眼睛瞬間浮現落寞的笑意，拿起放在角落的頭盔，站起身來。

「怎麼了？」

「我要睡覺了。」

「哪裡不舒服嗎？」

「沒有，我很好。」
趙雲背向張飛，留下一句「吃飯時多品嘗一下味道」，便走下了樓梯。
士兵們可能都在下面一層吃飯。趙雲走向空無一人的甲板，站在邊緣，把頭盔擺在地上，開始對著撞擊船舷後分成兩路的黑暗河水小便。
船迎著沿長江而下的風，微微晃動。趙雲看著自己射出去的尿的軌跡，被風吹成緩和的弧線，覺得暈船的感覺又漸漸在胸口一帶復活了。
最後，他上下晃動腰部，仰望峽谷的天空，從月亮的位置找出故鄉所在的東北角，把視線朝向那裡。
趙雲的故鄉在常山郡真定。
十七歲離開家後直到現在，他只回過故鄉一次，就是在父親喪禮的時候。那之後，他沒再去過村子。
從諸葛亮口中聽到故鄉兩個字時，趙雲才察覺到自己的心聲。如同船上的人會忘記偶爾震懾四周的河川聲的存在那般，心聲的存在也因為在耳邊呢喃太久，反而會被忘記。是諸葛亮說的話，讓那個心聲突然浮現出來。

那是三十年前的事了。父母斥責趙雲，要他多幫忙農事。只因為這樣，十七歲的趙雲就離家出走了。

他想闖出名聲，成為大人物，給父母瞧瞧。他是帶著這種乳臭未乾的心情，離開了村子。但是，三年後，在父親的喪禮時，他卻只能避開大家的耳目，在俯瞰村子的山丘上偷偷看著。他的模樣，一眼就看得出來是個混混，他不能讓母親、兄弟看見他那個樣子。

從此以後，趙雲便把故鄉的存在，擺在不為人知的心靈角落，生活至今。他成為流浪軍的一分子，一面支持劉備，一面期待著哪天可以衣錦還鄉。

為什麼收到進攻益州的消息時，心情沒辦法亢奮起來呢？那是因為他在心中某處隱約知道，隨著這趟遠征，自己將完全失去故鄉。常山遠在三千里處，要從長江往北方走，越過黃河再往更北方走，位於諸葛亮說決定贏不了的魏國的彼端。一旦在蜀地落地生根，那個距離就成了絕望的距離。

為什麼自己會對張飛產生不快的感覺？那是因為張飛很有自信地說「家

兄就是我的故鄉」，所以自己無意識地對他有了嫉妒之心。對堅決表示「在蜀下了所有賭注」的諸葛亮，也是一樣。對他們來說，最重要的不是現在所在的位置，也不是至今走過的道路，而是明天起支撐自己的心在哪裡。也就是說，他們都找到了今後心之所在的地方。所以，看吧！他們的希望不是在長江之前，綻放著燦爛的光芒嗎？

不知不覺中，熱氣蒸騰般的不快，成為深沉的悲哀，在趙雲心底明顯地捲起了漩渦。關羽說五十過後，什麼時候死都無所謂了。「把再也回不去的地方擺在心裡，就那樣死去，未免太悲慘了。」趙雲在心裡這麼喃喃自語，調整好甲冑的位置，拿起了頭盔。他原本打算回房間，腳卻不自覺地往相反方向的船頭走去。風一吹，船搖晃起來，不舒服的感覺湧上心頭。他壓抑那個感覺，站在船頭，又把頭盔擺在地上，從眼前的大鼓拿起兩支鼓槌。

他鼕地敲響了一聲大鼓。

觸電般的空氣震盪，經過臉頰表面，傳入了耳朵內側。

他又敲響了一聲。

思念的常山風景在腦海裡展現。華北平原的雄偉景色，浮現眼底。常山的人知不知道劉皇叔麾下的趙某人，就是那個「調皮的子龍」呢？母親有沒有聽說自己在那之後的活躍呢？如果知道，母親會不會原諒不孝到極點的自己呢？會不會原諒再也不會回來的兒子呢？

再回神時，趙雲已經交互敲下左右的鼓槌，威風地敲響了大鼓。他察覺士兵們都跑到他背後的甲板上，看到底發生了什麼事。在嘈雜聲後面，響起了張飛的嘶啞聲音，大叫著：「你在幹什麼？子龍！」但趙雲沒有停下打鼓的手。他想著記憶已經模糊的父親和母親的臉，咬緊牙關，使出渾身力氣，繼續敲響大鼓。

虞姬寂靜

那時候，男人躺在女人懷裡，睡著了。

不過，男人身材太過高大，所以頭也相對較大。若是直接仰躺，把頭放在坐在床上的女人的大腿上，她纖瘦的身體一定無法承受。疼痛會透過單薄的肌肉，漸漸深入骨頭。所以，男人自己把鋪被捲起來，當成枕頭枕在脖子下面，只把梳起髮髻的頭頂部放在女人的大腿上，把那之外的修長身軀平擺在床上。

女人把一隻手放在男人的額頭上，另一隻手放在長滿鬍鬚的下巴上，用手臂圍住男人的輪廓，伸到床下的腳尖緩緩打著拍子。房間狹窄、微暗。放在床邊的燈火，照出微弱的光芒，影子在牆上無聲地跳著舞。女人邊看著影子，邊哼著歌。那是小時候母親唱給她聽的搖籃曲。但是，她沒有唱出歌詞。因為歌詞裡面有出現一下已經滅亡的國家的名字。女人對那個國名沒有任何感覺，但男人對那個國家恨之入骨，率領數十萬兵馬，把那個國家殺到片甲不留。

如果知道每天唱給他聽哄他入睡的歌，歌詞裡面有自己最忌諱的國家出現，男人會不會生氣呢？不過是跟國名一起讚揚浩瀚的河川而已，男人也會生氣嗎？女人用手指輕輕滑過男人筆直延伸的眉毛。現在的這個男人，一定不會生氣。她覺得，男人即使知道這件事，也只會用懶洋洋的眼神看她一眼，默默閉起眼睛。男人就是變得這麼溫柔了。看到女人的白色上衣，一天天變髒了，不再是剛做時的樣子，男人有時會露出悲傷的表情。把粗糙的手放在女人纖細的脖子後面，對她說對不起。以前，男人不是會露出這種表情的大王。由此可見，男人變得脆弱了。

被床帳隔開的前方，有個爐灶被點燃，用來取代暖爐。在爐灶裡燒光的木柴，發出咔吵聲崩塌了。女人停止男人睡著後也繼續哼唱的歌，忽然抬起頭來。女人如絲綢般白皙滑潤的眉間，蒙上了淡淡的陰霾。她微歪著頭，側耳傾聽。

她聽見了什麼聲音。

起初以為是風聲。

但是，感覺比風聲低沉、而且更厚重、密不透風般的聲音，從牆外傳進來時，女人停止了打著拍子的腳。
她心想該不該叫醒他呢？低頭一看，男人已經張開了眼睛。
長長的睫毛上下動了兩、三次，濕潤的眼眸反射著燈火曲折的火光。
「虞啊。」男人發出了聲音。
「是。」女人表情僵硬地點點頭。
「妳也聽見了嗎？」
「是的，大王。」
男人沉默片刻，用嘶啞的聲音喃喃說道：
「這不是夢吧？」
女人還來不及回應，男人已經爬起來了。
蓋到肚子的毛皮滑下來，男人的寬闊背部塞滿了女人的視野。從外面傳來的聲音，已經帶著旋律逐漸塑造出一首歌的形態。男人站起身來。女人叫喚「大王」，他也沒聽見。女人又叫喚了一次，但他只短短回了一句：
「妳待在這裡。」

男人頭也不回地鑽出帷幔，走向了隔壁房間。門一打開，剛才只是含糊不清的一團聲音，變成了清晰的歌聲。女人撿起滑落到地上的皮毛，急忙去追男人。她穿越毫不留情地從敞開的門灌進來的冷風，衝出了幽暗的戶外。

不知何時，男人們都聚集在一起了。不可思議的是，每個人都文風不動，也不出聲，只是像個木頭人呆呆站著，視線在虛空中茫然地徘徊。男人一出現，他們便趕緊點燃篝火，火光隨風飄搖，宛如配合著歌聲的抑揚頓挫。歌聲不是來自我方陣營，而是來自有幾十萬人的敵方陣營。慷慨激昂的歌聲，從四面八方蜂擁而來。

那是女人沒聽過的歌。女人吐出白色氣息，雙頰僵硬，聽著似乎被陰鬱壓抑的陌生音調。起初像是彼此試探的歌聲，氣勢逐漸高昂，就在合聲強烈到幾乎傳至天際的時候，眼前的巨大背部震顫起來。女人不由得把手上的皮毛披在那個背上。

「那是楚歌。」男人觸摸女人放在他肩上的手，回過頭說：「歌詞是說留在楚國的年老母親、妻子，都在等我們回去。從敵人的陣營，傳來了我們故鄉的歌，是以前支持我的那些人唱的。」

遮蔽男人的聲音且越傳越遠的歌聲波浪，似乎暫告一個段落，終於平靜地退去了。取而代之的是，圍繞著男人的士兵們的啜泣聲。

男人說：「妳會著涼。」抓起披在背上的毛皮，裹住女人。歌又從頭開始唱起，男人摟住女人單薄肩膀的手，加強了力氣，強到女人幾乎叫出聲來，驚訝地抬頭看著男人的臉。

看到那雙細長的眼睛，奇妙地搖曳著篝火的火光，女人知道男人哭了。

❁

女人是在咸陽遇見了男人。

把女人帶到男人面前的老人，告訴她今後要叫男人「大王」，說完就無聲無息地離開了房間。光這句話，女人就知道坐在眼前的男人的身分了。在這個都城被稱為大王的人，只有那位消滅秦國，剛成為她居住的咸陽新主的年輕將軍。

跟女人獨處後，男人還是坐在椅子上，一句話也沒說。

經過漫長的沉默，男人才緩緩站起來。

「我是項羽。」

他的身軀龐大，女人必須抬起頭才能看到他的臉。透過上衣也很容易看得出來，他有著宛如為戰爭而生的強韌骨骼、發達的肌肉。但是，男人的聲音比女人想像中沉穩多了。甚至聽得出來，為了不讓女人害怕，他特別用心。看到女人在他胸部位置的疑惑的臉，他簡短扼要地下令：

「從今天起，妳的名字叫虞。」

女人當然有父母為她取的名字。但是，范增老人把穿著絕非上等衣服、一看就知道是後宮婢女的她，從咸陽後宮帶到這裡時，只對她說：

「如果大王給了妳新的名字，以後妳就跟那個名字一起活下去。」

老人根本沒打算問她的名字。

「虞啊。」

如老人所說，男人給了女人名字。

當女人點頭接受那個名字，用嘶啞的聲音叫喚「大王」時，女人就成了男人的東西了。

第二天，男人放火燒了咸陽。

火燒了三天三夜，享盡世上所有榮華的秦國首都，就這樣燒成了灰燼。

女人的父親在始皇帝死後，被拉去當兵，鎮壓各地接二連三發生的叛亂，從此下落不明。在這場大火中，一個人住在都城一隅的母親，是否平安無恙地活下來了，女人也無從確認。母親不知道女兒被帶去新大王的陣營了，女兒也不知道大王打算燒了都城。配合大王的行動搭上車子，躲開外界的視線離開關中後，她才聽說咸陽已經從大地消失了。

那之後的四年，女人都待在男人的陣營裡，以寵姬的身分隨侍在側。因為要往東、往北、往西與敵人交戰，所以男人總是置身於戰火中。對於一度企圖反叛的對手，男人會施加可以說是極盡無情的慘烈報復。但對於自己人，他會付出無限的慈愛，在戰場上一定自己打頭陣，對把生命交給他的人負責。男人的軍隊幾乎不知道什麼叫戰敗。主子的激情彷彿有移轉作用，士兵們都浴血奮戰，戰到一兵一卒，以此發誓對勇敢大王的忠誠。

跨上名為「騅」的愛馬前往戰場的男人，充分展現霸王的風格。然而，一踢馬鐙，馬開始奔馳，男人就瘋狂了。他曾經縱情地殺戮，也曾活埋了二十萬名無辜的人民。女人離開咸陽後度過的四年，男人幾乎把所有時間都耗費在戰場上。男人在戰場上的無情，女人也時有所聞，但男人從未在女人面前展現過他粗魯的性格。在床上時，男人會對懷裡的嬌小身軀，深情地喃喃叫喚：

「虞啊。」

這時，女人便能從男人的叫聲中，感覺到男人堅定不移的情感，以及需求自己的強烈熱情。

從咸陽那一夜起，男人對她的深情從來沒有改變過。起初，女人完全無法揣測理由。後宮多得是從全國各地送來的美女，為什麼會選擇只是一般婢女的自己呢？女人曾問過那時的老人一次。范增當時可能是來實地勘查吧，帶著大批士兵闖入了咸陽後宮的中庭，女人跟同僚一起從房間窗戶察看狀況。范增一看到她，不管三七二十一就把她帶去了大王的陣營。

「虞美人啊。」

據說已經超過七十歲的范增老人，在女人面前恭敬地低下了頭。

「妳心中似乎有兩條互不相容的河川。」

從他沒剩幾顆牙齒的嘴巴，發出了很難聽清楚的聲音。

「假如自己的疑慮是真的……自己被選中只是某種錯誤，那麼，現在的富貴總有一天會消失，也就是說，這只是夢幻一場——妳有想承認這種不安來源的心情。以及，不，大王的愛情深度是真實的，絕不是一時興起的玩心——想否認前面想法的心情。兩種心情在同一個鼎中交雜，捲起了漩渦。但是，虞美人啊，妳非常滿意目前的現實吧？既然這樣，還需要想什麼呢？對妳來說，最重要的不是知道過程，也不是攪弄不安，而是接受那之後的結果。大王是個深情的人，只要妳愛他，他一定會回報妳的感情。」

老人撫摸著垂到胸口看起來很寒酸的白鬍鬚的手，突然指向了女人。指著在盤起來的髮髻上綻放鮮豔色彩的玳瑁髮簪，那是大王賜給女人的東西。

「祝妳幸福。」

老人露出一口黑牙，自己呵呵笑了起來。

包括聊天在內，范增這樣站在女人前面，用江南腔很重的音調與女人交談，只有過這麼一次，以前沒有，今後也不會再有。

在與劉邦率領的漢軍長期交戰的日子裡的某一天，老人突然從陣營消失了。

原因完全不明，有人說他是隱瞞病情工作，知道死期將近，便回故鄉了。也有人說，他一再責怪主人沒有在鴻門宴果決地殺死漢王劉邦，項王忍無可忍，就把他放逐了。甚至有人說，不，那是劉邦的離間計，企圖破壞項王與軍師之間的感情，結果他們兩人真的中計了。女人要判斷真相為何，不是那麼容易。大王在閨房絕不談公事，所以女人沒有對他提起過老人的事。

但有件事顯而易見，那就是失去大王親奉為亞父、非常尊敬且重用為一軍首腦的范增後，男人的將星光芒很快就變得陰暗了。

在街頭巷尾流傳的許許多多讚賞大王的英勇的話中，女人最喜歡的一句話是「七十多場戰爭，從來沒失敗過」。沒有任何話，比這句話更能展現男人的強勁。沒有任何話，比這句話更能照亮男人的前途。

女人心想，怎麼會這樣呢？遇到敵人，從來沒輸過一次的大王，現在竟然被困在名為垓下的山丘上，只有幾戶民家相鄰。從包圍山丘的數十萬漢軍，傳來曾經是自己人的士兵所唱的故鄉的歌。男人們暴露在強烈寒風中的鬍子沾上了霜，眼睛泛著淚水，從剛才便一語不發。這都是為了什麼呢？

忽然，女人嗅到悄悄靠過來的死亡氣息。女人抬頭看大王。男人緊閉著嘴巴，瞪視著浮現在黑暗中的敵人的篝火之海。女人心中沒有恐懼，也沒有疑惑。男人是希望在生命的最後一刻，也能保住武士的自尊吧？那麼，自己身為霸王這輩子最愛的女人，也該毫不眷戀地死去。

來自四面的楚歌，依然沒有停止。

跟著男人回到房間後，女人坐在床上，呆呆地等著沾在衣服上的冷氣逐漸退去。

從隔間的帷幔前，傳來大王的聲音。接到命令要去準備酒宴的近侍跑出去了，男人在另一個留下來的從僕前，攤開了長長的手臂。

正好被斜斜垂下來的床帳擋住，從女人的位置，只能看到男人的身體的一半。從僕拿來的代表大王的甲冑，在微暗中依然閃爍著白光。男人默默穿上甲冑，女人聽著配件撞擊聲、皮革摩擦聲，眼睛眨也不眨地看著男人逐漸變成人人害怕的霸王模樣。

男人拿起被呈上來的刀，轉向了女人。

這時候男人才發現盯著自己的視線，表情浮現有些困惑的搖曳陰影。

瞬間，男人的臉在床帳前消失不見了。那是為了調整甲冑而有些移動，但不知道為什麼，女人卻覺得男人是猛然逃開了自己的視線。

走到女人前面，低下頭鑽進床帳裡的男人，臉部表情已經恢復戰場上的武士的模樣。難道是自己的錯覺嗎？從火光照耀下淡淡浮現的右半部的臉，女人看出大王已經有了最後的覺悟。

「等一下要辦酒宴。」

「我已經下令打開倉庫，把酒、肉等所有東西都分給大家。這裡不會留下任何東西。」

每次大戰前，大王都會辦酒宴。在酒宴上，與麾下將領們觥籌交錯，合聲高歌。然後，騎上在外面等候的騅，帶領諸將們一舉衝入戰場。女人一定會在酒宴上翩然起舞。區區一個後宮婢女，當然沒什麼舞蹈的素養。儘管如此，女人還是跳了。因為在身為唯一寵姬的日子裡，男人要求她學習。所以，女人拚了命學。可能是原本就有天分，女人幾乎在一年內就學會了所有的技藝。沒多久，女人就開始在戰前的酒宴上跳舞了。不知不覺中，大家都把女人的舞蹈當成了帶來勝利的幸運符。

「再也不會回來這裡了。」
男人說要跟窩了將近一個月的山丘告別了。從他的聲音，完全聽不出被楚歌波浪襲擊時的動盪不安。女人把懸在半空中的腳踝放入鞋子裡，從床上站起來。酒宴的會場應該會設在山丘上最大的屋子，所以女人攤開剛摺好的皮毛，準備移到那裡。
但男人舉起手，阻止了她的行動。
「妳不必來。」
正要把皮毛披到肩上的女人，停下動作，反彈似的抬起了頭。
「妳收拾行李。」
女人還來不及開口問為什麼，聲音就從上面傳下來了。
「酒宴後，我會打開門打出去。妳趁我們引開對方的注意力時，從後門逃出去吧。那個范賈會協助妳。沒時間了。」
「不，大王，臣妾要留在這裡，跟你一起出席酒宴……」
「不行。」

男人搖搖頭，打斷了女人的話。他的聲音平淡得出奇，含帶著女人從來沒聽過的異常冰冷。

「妳叫什麼名字？」

女人不懂他為什麼這麼問，沉默了一會才小聲地回答：

「我叫——虞。」

男人又搖搖頭說不對。

「我是問妳原來的名字。妳並不是出生時就叫虞，虞是我給妳的名字。」

聽到男人一一確認什麼後再往下說的語調，女人深感疑惑，心想為什麼要問這種事呢？她是虞。即使這是男人在咸陽給她的名字，這個名字也已經在她體內，跟她緊緊結合在一起了，連伸入一根頭髮的縫隙都沒有。再說，以前的名字她早已忘了。生下自己的父親和母親，恐怕都不在世上了。事到如今，已經沒有她可以帶著名字回去的地方了。她只能以虞的身分活著、以虞的身分死去。

「恕我直言，大王……」

女人從來沒有反抗過男人，一次也沒有。但是，這次不一樣。如果聽大王的話逃走，就意味著與打最後一場戰的男人永別了。

「虞的生命與大王同在。若是大王不帶我去戰場，我隨時都可以死給大王看。」

說不定，她那道視線也帶著刺人般的嚴峻。因為是鼓足了勇氣說話，所以說到最後時還咳了起來。她覺得，不趕快把想法說出來，男人可能馬上就會離開這裡。

「妳叫什麼名字？」

男人只是不停地重複同樣的問題。即便女人的眼神，確實捕捉到了男人的目光，男人還是一副冷漠的表情，彷彿眼前沒有任何人。

「臣妾叫虞姬，沒有其他名字！」

女人顧不得有從僕站在大王後面，大叫著說出了自己的名字。

「把那個交給我。」

男人的聲音冷靜到不能再冷靜，指著女人的頭上。女人一時無法理解男

人的意思，當她察覺指的是大王送給她的東西裡，她最珍愛的玳瑁髮簪時，

男人又說了一句：

「把璣（不圓的珠子）也給我。」

大王的眼神只要她聽從指示。

女人覺得大腦一片空白，把手伸向了耳朵，摘下了耳環。那上面有小石頭那麼大的璣，閃爍著淡淡的光芒。接著，她把髮簪也拔下來了。她用指尖再次觸摸裝飾在上面的寶石後，把髮簪和耳環一起放在伸過來的厚實掌心上。稍微碰觸到的大王的手，十分冰冷。她沒辦法看男人的臉，只能盯著大大的手握起來。

「這幾年來，妳在我身旁，把我服侍得很好。今後，妳好好過日子吧。妳可以從這裡拿走任何妳喜歡的東西。」

反彈似的抬起頭的女人，眼睛已經泛紅了。

「虞、虞不要那種東西，虞只要跟大王在一起……」

「妳不是虞。」

女人懷疑自己的耳朵。

男人俯視張大嘴巴、表情呆滯的女人。

「我給了妳虞這個名字。但是，現在妳把這個名字還給我了。妳不再是虞了，沒有必要跟我待在這裡，快快離去。」男人很快下完命令，說：「再見了。」

女人連聲音都發不出來，目送寬大的背部從床帳逐漸遠去。可能是門打開了，甲冑的配件相撞擊的聲音，很快就被突然變大聲的楚歌淹沒，融入那憂鬱的旋律裡，消失不見了。

回過神時，從手臂滑下來的毛皮，在地上扭成了一團黑影。一度欠身而起的女人，又無力地坐回了床上。她邊用指尖滑過失去重量的耳朵，邊呆呆望著天花板。

「虞戴這些一定很好看。」

大王這麼說，把鑲著寶石的璀璨髮簪，以及如映在水面上的月亮般焯爍的耳環，親手插入女人的頭髮、戴上女人的耳朵。那之後，男人也送給了女人許許多多的珠寶、錦緞，但男人直接碰觸她的身體送給她禮物，僅有那一次。

❁

至今以來，自己眼中的男人究竟是什麼呢？

至今為止，自己又是對男人的什麼有感覺呢？

流過臉頰的淚已經乾了，她用袖子擦拭淚痕發癢的地方，毫無頭緒地思索大王離她而去的理由。然而，怎麼樣也找不到答案。連一點線索都沒有。女人沒有被告知任何理由。只知道又發生了跟那時候一樣的事。

不知不覺中，已經聽不見牆外傳來的楚歌了。不知道是不唱了？還是要從頭唱起之前的空白時段？女人感覺寂靜無聲的房間正面似乎有人的氣息，這才發現從僕一直在捲起來的床帳下待命。

「虞美人夫人。」似乎一直在等待女人把視線轉向自己的男人，用壓抑的嗓音說：「我叫范賈，出發前要做什麼準備，請儘管吩咐。」
根本沒必要做任何準備。丟下這座山丘離去，女人也不知道如何在沒有大王的世界活下去。在這片不曾靠自己的腳好好走過一遍的土地上，是要如何活下去？
「沒有時間了，請快點準備。」
男人走到呆坐在床上動也不動的女人前面，撿起了皮毛。浮現在火光下的年輕男人，個子非常嬌小。每眨一次眼睛，正經八百的粗眉毛就會誇張地上下晃動。女人吸吸鼻涕，發出了吐氣般的笑聲。
「你不是在那裡看到了一切嗎？臣妾被大王拋棄了，沒有任何事要拜託你了。不如你去把隔壁小屋的侍女們帶來這裡，她們睡醒後一定都很害怕。做完這件事，你的任務就結束了，之後想去哪就去哪。」
「恕我冒昧，虞美人夫人——」
男人眨了好幾下眼睛，不停地晃動眉毛後，以單腳下跪的姿勢，把摺好的皮毛呈給女人。女人心想，他可能是怕沒有完成大王命令的事會被大王懲罰，便對他說：

「不用擔心，我會跟大王說。」

但說完才想到，大王剛才已經跟自己訣別了。這次她露骨地浮現自嘲的笑容，接過了毛皮。

「夫人絕不是被拋棄了，只是任務結束了。」

女人的表情靜止了，扭曲的笑容留在臉上。

「你說什麼——」

「這是我聽我叔父說的。」

「你叔父？」

「就是范增。」

聽到好久沒聽到的名字，女人終於知道眼前這個男人是什麼人了。范增老人從陣營消失時，有人舉例說，他的親人還在大王身旁擔任隨從，所以他的離開絕對沒有懲罰的意味。那個親人可能就是這個忙著上下晃動眉毛的年輕人吧？

「我叔父對我說，如果哪天虞美人要離開陣營，你就自己決定要不要把這件事告訴她……」

「說。」

沒等對方說完，女人就打斷了那句話。沒錯，范增應該知道理由。就是因為那個理由，范增那天才會把只看到一眼的女人，從咸陽的後宮帶出去。

「說吧。」

不覺中，她欠身向前，雙手緊緊抓住了放在膝上的毛皮。面對沉默，低著頭的男人不停地眨著眼睛，每眨一次，眉毛就會在影子裡蠢動。

「虞夫人是項王大人的正妃。」

片刻後，女人聽到回答，皺起了眉頭，心想都到這步田地了，還要逢迎嗎？

「不要說那種無聊的蠢話。」

大王沒有冊封正妃。但除了女人外，也沒有讓其他可以稱為愛妾的人陪伴他。平時都只有女人一人，在大王身邊侍候。女人跟隨大王，前往新的戰場、前往新的城堡，過著旅行般的生活，不停改變所在地。為什麼大王沒有冊封王妃？不可思議的是，她從來沒有過這樣的疑問。這四年來，每天晚上男人都會出現在寢室，跟她一起迎接早晨。雖然，在陣營裡大家都是以「美人」這個職務名稱來稱呼她，但是，大王對待她，就像對待王妃，況且，在只有戰爭點綴的日子裡，形式之類的東西不過是吹過戰場的風塵而已。

「不是那樣子的。」

男人更壓低了嗓音，把在微暗中也能清楚看出充滿緊張的臉朝向女人。

「那是項王大人在會稽，與叔父項梁大人起兵，高呼復興楚國，高舉討秦的旗幟時的事。就在離開會稽前，項王大人娶了妃子，聽說是會稽的名門之女。」

正面迎接范賈視線的女人，指甲慢慢嵌入了膝上的毛皮裡。

「那之後，才過了兩年，項王大人就把妃子委託給留在定陶的項梁大人，自己率領軍隊往西推進。跟現在包圍我們的可惡的漢王，一起前往陳留。但是，秦軍趁這個時候包圍定陶，一舉攻陷了城堡。項梁大人慘敗而死，妃子也在被敵兵羞辱之前，刎頸自殺了。」

女人的視線逐漸失去力氣，往下沉沒。沒多久，被拔去髮簪失去支撐的頭髮披落下來，無聲地蓋住了她的臉。

「說得好像你親眼看到了一切。」

「是我叔父……不，是范增，親眼看到了這一切。」

緊抓著皮毛的手背浮出的血管，在火光照耀下，映出了可怕的黑影。女人看著黑影，用嘶啞的聲音問：「范增怎麼會看見？」

「當時……范增在項梁大人身旁服侍，住在定陶城。他聽從項梁的指示去找妃子，卻沒來得及找到。後來，他對自己一個人逃出了陶城這件事，一直感到愧疚。項王大人失去了仰慕如父親的項梁大人、妃子，不但沒有責怪范增，還重用他為軍師，讓他更愧疚。所以，定陶事件的一年後，在咸陽後宮看見夫人，他就迫不及待地把夫人帶回陣營了。因為他非常清楚，項王大人有多疼愛妃子，為她的死傷心不已，只是沒表現出來。」

「范賈啊。」

女人打斷對方的話，從遮蔽視野的頭髮縫隙，看著男人的眼睛。內心的聲音不斷告訴她，不要再聽下去了。如果，從男人的眼神，感受到他對於繼續往下說有所猶豫，或許女人會順從內心的聲音。然而，就在男人的眼睛深處，捕捉到他對女人的微微同情神色時，來歷不明的黑色東西便如泥流般，從女人心底深處爆發出來了。

「那個妃子叫什麼名字？」

她有預感，自己站在無法回頭的地方，踏出這一步就完了。但是，即使能回頭，也無路可走了。況且，女人早已知道會得到什麼答案。儘管如此，她還是壓抑不了想確定的激動，希望從男人嘴裡聽到所有的事。

「她——叫虞。」

「我為什麼從咸陽後宮被帶走？」

「范增說——因為夫人太像以前的虞夫人，像得驚人。」

透過牆壁不斷傳入耳裡，讓人不覺中記住音律的楚歌，又傳來了鬱鬱的聲響。她的心情不可思議的沉靜。當她用雙手把凌亂披落的頭髮攏起來，露出蒼白的臉龐時，她終於想通了。在咸陽後宮見到的老人，對女人所有的事都不關心。對於她的名字、身世、侍女的身分等等，老人都不想做確認。對老人來說，只有一件事最重要，那就是——大王會不會賜給她跟以前的女人一樣的名字。

女人用繩子代替髮簪，把抓攏到頭上的頭髮綁起來。儘管心裡明白不關這個男人的事，她還是漫不經心地問：

「你知道大王為什麼拿走髮簪和耳環嗎？」

「我聽說，那些是范增從虞夫人的遺體拿回來的遺物。」

聽到簡單到令人愕然的答案，女人的腦海忽然浮現某天指著她的髮簪，笑得露出滿口黑牙的老人那張快被皺紋淹沒的臉。

女人哈哈笑了起來。

這一笑成了開端。感情一旦越過堤防，就無止無盡地溢了出來，笑聲接二連三湧上來。眼前的男人露出驚訝的表情，原本就嬌小的身體，蜷縮得更小了。女人不管他，逕自扭動身體，發出尖銳的笑聲。

所有一切都是別人的。

她用別人的髮簪裝飾頭髮、用別人的耳環搖出瀟灑的聲響，最後還使用別人的名字，努力成為別人，整整努力了四年。同時深信不疑，認為大王只愛自己一個人。

直到牆外的楚歌唱完一遍，女人才停止了笑。然後，她恢復平靜，對不知所措、只是神經質地上下晃動眉毛的年輕男人下令：

「把劍拿來。」

「請、請不要衝動。」

男人舉起手制止她，神情十分驚慌。女人給他一個沉穩的笑，把膝上的皮毛放到床上。

「你不要想錯了。我只是要在戰前，為大王、為我方軍隊做一件事。」

她的聲音帶著風平浪靜的安寧，聽不出任何內心的狂瀾。

「所以，把劍拿來。」女人嚴肅地說，讓掛在腳尖上搖晃的鞋子掉到地上，把腳踝塞進鞋裡。

女人聽著男人們在冰冷的星空下合唱的迴響，踩在因冷氣而凝固硬化的土上，緩緩地爬上斜坡。

周圍冒著接到出陣命令的士兵們的白色氣息，所有人都忙著準備作戰。幾乎沒有人注意到，用皮毛蓋住身體，一個人獨自走路的女人。女人心想，究竟有多少人知道這件事呢？大王的身邊，也有很多從會稽跟來的老將領，他們應該什麼都知道。然而，女人在戰前跳舞時，他們明明什麼都知道，卻假裝什麼都不知道地讚揚她。

女人重新握緊手中的劍鞘，思索大王為什麼要求她學舞。即便知道所有事都會歸結於一個源流，她還是沒辦法停止在記憶中搜索的手。大王是在女人的舞跳到有模有樣的時候，送給了她髮簪和耳環。女人第一次戴著那兩樣飾物跳舞時，大王把酒杯擺在胸前，用神魂顛倒的眼神看著她。沒多久就露出陶醉的表情，配合歌聲開始搖晃上身。看著這樣的男人，女人得意到極點。現在的她，打從心底嘲笑那樣的自己。以幾乎要大叫起來的心情，嘲笑自己只是忠實地模仿以前的女人的裝扮，喚醒男人的往日回憶。

隨著她爬上山丘，環繞周圍一圈的漢軍的篝火，也如揮灑光亮的沙塵般，映入她的眼簾。陰鬱的楚歌依然不絕於耳。若沒聽見這首歌，男人現在一定還沒醒來，把頭枕在女人的大腿上。女人也不會知道任何事，繼續數著男人的鼾聲。

然而，女人現在卻被冰凍的風吹得嘴唇發白，一個人走在微暗的坡道上。馬的嘶叫聲被冷氣吹到了半空中。女人決定去設在山丘頂上的殿舍，范賈直到最後都勸她聽從大王的命令，逃離這裡。他不斷地說這是大王的仁慈。大王最關心的是女人的生命，才會命令她恢復原來的名字。大王不是拋棄了女人，而是想讓她卸下身為虞的任務——女人聽著他說的話，心徹底乾枯了。「結果，我連死亡都被剝奪了。」女人空虛地笑笑，拿著劍，丟下男人走向戶外。

越來越靠近殿舍，被正面篝火照亮的馬匹們的身影，也伴隨著急促的呼吸聲逐漸逼近。跟準備馬具的士兵一樣，馬匹們也吐著白色的氣息，目送女人離去。想必大王的愛馬「騅」，也在那裡面吧？想到這些馬都不可能再回到這裡，女人凍僵的內心，這時才閃過可以說是惆悵的黑影。

那個范增老人，是知道大王有一天會被漢軍逼入絕境，才委託年紀跟他相差懸殊的侄子，把這些話帶給女人嗎？或者，單純只是預測到大王的愛情遲早會褪色嗎？假如，大王聽從范增的建言，在鴻門宴殺了劉邦，從此稱霸天下，那麼，自己與男人的生活是不是會持續下去，沒有任何改變呢——女人享受這種無意義的夢想，也只有在走到殿舍的入口之前。當手碰到門時，女人腦中的所有想法就都消失了。

門一打開，站在那裡的士兵認出是她，就驚慌地退到旁邊了。她把毛皮交給士兵，直直走進去，掀開帷幔，踏入大廳。

穿著甲冑的男人們，正沉浸在酒宴的高潮中。看到突然出現的寵姬，現場瞬間一片靜寂，但女人毫不畏懼，走到坐在正面的大王面前。大王旁邊沒有原本會設置的女人的座位。應該有人因此察覺到了什麼，女人為了緩和有些緊繃的空氣，環視周遭一圈，高聲宣言：

「為了霸王軍隊的勝利！」

女人拋開手上的劍鞘，把腳向前滑進一步，跳起舞來。

她掀起每次參加戰前宴會時一定會穿的鮮紅色深衣，在將領們圍繞的狹窄空間迴旋。她全心全意地歌頌因傳說「連山都可推倒」而使諸國恐懼的大王軍隊的強勁、歌頌跨騎成為疾風如白箭般單騎奔馳的大王的英姿之美、歌頌楚軍與此霸王共同走過的輝煌勝利的日子。沒有人出聲說話。所有人都停下拿著酒杯的手，屏氣凝神地看著女人揮劍、揚起深衣袖子、捲起一陣風的舞蹈得非比尋常的氣勢。

舞蹈暫告一段落，女人正式跪拜在大王面前，為自己遲來宴席致歉，然後沒有給大王說話的機會，很快就站起來了。

接著，女人又三番兩次改變歌曲，使出渾身解數跳舞。

列席的將領們，喝酒不是為了喝醉，而是想美化與這個世界的訣別。女人全心全意去理解他們這樣的心情。翩然起舞時，摒除所有自我意志，為了更加昇華將領們的心願，用劍尖優美地畫出圓圈，稱頌光榮的霸王軍隊的英勇，不斷畫出華麗的紅色視覺暫留。

感覺脖子汗水淋漓的女人，環視周遭一圈。男人們都眼眶泛紅，抬頭看著女人，唯獨大王除外。

「大王。」

跳完舞，女人把劍放在地上，再次跪在大王前面。她一面調整呼吸，一面與男人的視線在進入大廳後第一次交會。

「為了跳最後一支舞，請大王賜給我髮簪和耳環。」

男人送給她的其他髮飾、耳環多不勝數，但女人故意不在頭髮和耳朵做任何裝飾，來到了這裡。

男人默默看著肩膀微微上下起伏喘息的女人。

從面無表情的臉上，看不出大王是不是在生氣。但女人一點都不害怕，注視著男人的臉。女人想把至今以來屬於她的所有東西，都烙印在記憶裡，包括男人的粗獷眉毛、曬黑的痕跡到了冬天也不會褪去的額頭、唇角的粗糙、捲曲的下巴鬍鬚、如滲血般總是浮現在右眼白部分的小黑點等等。然而，令她焦躁的是，越想那麼做，越是融化在朦朧的視覺裡。

先撇開視線的是男人。

他把手塞進甲冑胸前，拿出一個袋子。他還是什麼話都沒說，默默把東西放在女人前面。

從袋子碰觸墊子時發出的微弱聲響，女人知道裡面裝著什麼東西。

知道男人是想與那個袋子肌膚相親，迎接最後一場戰爭，女人覺得彷彿有道黑暗的波濤濺起水花湧向了心底深處，但她的表情沒有任何變化，恭恭敬敬地接下了袋子。

女人把垂著許多珠子的玳瑁髮簪插在頭髮上，把光芒亮麗的璣的耳環戴在耳朵上。裝飾的配件相撞擊，發出透明的聲響。女人在這種聲響的包圍中，拿著劍站起來。

殿舍的楚歌如低吟般，依然響徹雲霄。然而，在女人跳起祈禱勝利的舞蹈時，那個歌聲瞬間就被淹沒了。因為圍席而坐的將領們，都跟著女人一起唱起了歌。有人如呻吟般唱著，有人如吶喊般唱著。歌聲漸漸洶湧起伏，有人哭得太傷心，趴了下來，有人瞪著天花板，勉強呷了一口酒杯裡剩下的酒。

在男人們的合唱聲中，每當劍尖刺向半空、每當髮簪凜然奏出樂聲，以前從未體驗的恍惚感情，便會浸染女人的身體。自己正站在這個場地正中心的扎實觸感，讓女人的聲音更加清澄。讓袖子隨風輕輕飄揚的女人，一一確認在座的每一張臉。每個人都淚流滿面，以紅腫的眼睛告訴女人，他們即將迎接漫長的戰爭之旅的完結。

女人結束舞蹈，最後面向了大王。

唯一沒有落淚的男人，拿著酒杯，動也不動地注視著女人。

「大王，臣妾的名字是虞。」

男人默默把酒杯移到嘴邊，慢慢地把酒喝乾。

還以為男人會繼續保持沉默，沒想到他吸口氣，把手放在膝上，打著拍子，和著憂傷的旋律，唱起了歌。

力拔山兮　氣蓋世

時不利兮　騅不逝

但是，沒多久就中斷了。男人皺起眉頭，神情痛苦地望著喝光的酒杯。很自然地，女人向前跨出了一步。男人還是用單手拍打著膝蓋，女人配合他的拍子，唱和起來。她不斷重複男人唱的歌詞，配上劍的舞動，跳起了即興的舞蹈。

與抬起頭的大王的視線交會時，那個眼神命令她「繼續跳」。

沒多久，女人把男人唱的歌詞全唱完了。

騅不逝兮　可奈何

低沉的嗓音在帳中迴響。

男人又接著唱。

虞兮虞兮　奈若何

忽然，女人停止了動作。

大王的確是注視著女人。

不是奪走女人的名字時，那種尋找霧前身影般的朦朧眼神，而是理所當然地認定女人正好端端地活在這裡，以前的光芒又回到了他的眼眸。

「虞兮虞兮，奈若何。」

男人再次呼喚女人的名字。

女人的嘴角瞬間閃過淡淡的笑容。

女人自己斬斷男人的視線，踏出步履，搖響頭髮上的髮飾。

女人舞劍如流水，加入快要顫抖起來的慷慨激情唱和，把大王的歌從頭唱到尾。不覺中，滿座的將領也加入了，一次又一次地重複大王的歌。

「虞兮虞兮。」

每次這樣被呼喚，女人就會豎起耳朵傾聽，從合唱中找到大王的聲音。所有人都哭了。

大王也哭了。

女人低頭看著臉頰上留著幾行淚痕的男人，平靜地結束了舞蹈。現場，唯獨女人沒有落淚。

微微出汗的手在衣服擦乾後，重新握好了劍。

怎麼想都很滑稽，意氣用事到這種地步也很愚蠢。但是，女人非常滿足。她從霸王手中拿回了髮簪和耳環，也拿回了名字。還有一樣東西必須拿回來。女人充分調整氣息後，慢慢地舉起了右手。

在男人張大眼睛叫喊著什麼站起來之前，女人很快地把劍抵在脖子上，毫不猶豫地往下拉曳。

女人的遺體埋在離垓下不遠的山丘上。
夏初，那個墓地開了小花。
在細長的莖上楚楚可憐地綻放的鮮紅花瓣，就像女人為最後一支舞而穿的深衣，也像女人那天流的血。也不知道是誰取的名字，這個野花就被稱為虞美人草了。

法家孤憤

將近傍晚，便會響起宣告一天結束的鐘聲。聽到鐘聲，便雙手抱起一捆一捆的竹簡，在放在上司桌上的秤子前魚貫地排成一列，是我們常見的光景。但是，唯獨那一天，沒有人去秤竹簡的重量。

在咸陽宮工作的官吏，一天必須記載的竹簡有一定的份量。官吏抱著的一捆捆的重量，就是處理完的工作的份量。把達到規定重量的竹簡放在秤上的人，才能獲得上司的許可回家。即便重量只差一點點，我們的上司也絕對不會放過。所以，我們都會分秒必爭地埋頭在竹片裡。在一天比一天壯大的我國，我們沉溺在怎麼寫也寫不完的不斷湧現的工作波浪中，在竹片上拚死拚活地記載。刻下要給被新併吞的地方的命令書、刻下要在那裡施行的新法。

那一天，從我在這個宮殿工作以來，第一次可以忘記竹簡的存在。結束的鐘聲響起沒多久，上司回到房間，再三囑咐我們不可以把今天的事說出去，然後命令我們回家。沒有人提起竹簡的事。上司毫不掩飾疲累的表情，把放在桌子一角的秤子，放回自己椅子的正面。那是我從地上撿起來的秤子。走廊響起第一聲叫聲時，上司比誰都快從位子站起來。那時候，秤子被袖子扯到，發出巨響掉落在地上，但他看也沒看一眼。

「有刺客攻擊陛下！」

聽到這個叫聲，應該沒有人會繼續工作吧？當然，我們也停下雕刻竹片的手，跟在上司後面跑到走廊。官吏們異口同聲叫著什麼，從面向走廊的所有房間跑出來。我們完全沒有辦法避開那些叫喊聲帶來的混亂與興奮的濁流。官吏們忙著取得更新的消息，在走廊東奔西竄。沒多久，從廣場傳來很多人往那裡聚集的氣息，大家反應那樣的氣息，開始如潰堤般一起向那裡移動。

鞋子敲擊地板，形成迴聲，在天花板層層交疊時，有個聲音鑽過迴聲的縫隙滑進我們之間。

「陛下今天不是要接見外國來的使節嗎？」

另一個聲音回答：

「沒錯，照預定，現在應該是結束的時間。」

聽到這件事，我大感意外。因為我一直以為，陛下只有在皇宮外才會被刺客襲擊。跟我在同房間工作，小跑步走在我旁邊的同僚，大概是跟我同樣的想法，不由得冒出一句話：

「可是，怎麼會呢……」

沒有人知道陛下安全與否。在缺少最重要的消息的狀態下，走在前往廣場的長廊上，只聽見討論這件事的嘈雜聲。

——聽說外國使者是從燕國來的幾個人。

——聽說是在接見他們的上卿（大臣）時被襲擊的。

——聽說刺客身上有匕首。

——還沒有那之後的消息嗎？啊，陛下，您一定要平安啊！

如果是一年前剛來這個秦都的我，聽說這種事，腦海裡會自然浮現「刺客混在使節裡，企圖暗殺接見使節時的秦王」這樣的情節。但是，現在的我知道，絕對不可能發生那種事。

在陛下用來接見使節的殿中，連近臣都不得攜帶寸鐵進入。當然，有配戴戟的護衛士兵。但是，他們通常在建築物外面待命，沒有陛下的命令不得升殿。在殿中，只有陛下一個人可以攜帶武器。這都是依據秦的律法所做的規定。

至於來謁見的使節們，不但頭髮裡面會被搜索，連大腿內側都會被毫不留情地拍打，確定有沒有問題，根本不可能隱藏匕首之類的重金屬。話說回來，他們也不可能接近陛下，起碼在我所知道的接見場合是這樣。

兩個月前，廷尉（司法長官）李斯為了湊齊迎接外交使節時的人數，命令我的上司，把房間裡的人都叫來。

第一次踏入殿中時，畏懼與感動交雜的感覺，我至今都忘不了。越過一起被叫去的同僚的肩膀，我第一次見到了陛下的英姿。坐在天子寶座上的人，是個名副其實的巨人。他挑戰誰也做不到的事，把世界統合為一，是稀世的巨大存在。

我與陛下之間的距離很遠，他的身體看起來非常小。使節們在比我們更遠的地方，硬擠出緊張到發抖的聲音，表達能為秦國效力的喜悅。他們孤零零地站在大廳堂的身影，就像小烏龜攀附在突出於水池中央的小岩石上。

刺客即便可以逃過嚴格的檢查，把匕首帶進殿中，也要從天子寶座前面很遠的地方，衝上很長很長的石階，這樣能夠襲擊陛下嗎？我無論如何都無法想像，遲鈍的烏龜游過池水，去破壞長在池邊的大樹這樣的畫面。

「陛下應該是在宮外被襲擊的吧？不從遠處使用弓箭，根本不可能暗殺陛下。」

我小聲對同僚這麼說，試著安撫自己的心，讓自己冷靜下來，卻連擅自抖個不停的腳都止不住。同僚也把眼珠子轉向我，輕輕點個頭表示同意。

這時，有個聲音從前方傳來。

「在那裡的不是李斯大人嗎？」

視野敞開，我們進了廣場。宮殿內所有的官吏，十天一次會聚集在這裡開朝會。就像那時候的光景，許多官吏往廣場聚集，怒罵聲此起彼落，已經超越喧嚷的程度，充斥著殺伐的空氣。

李斯大人的身影，就在這時候出現在通往接見使節的大宮殿的階梯上。陛下是以最高級的九賓之禮，接待來自燕國的使節。那麼，李斯當然也在場。像是剛發生過什麼大事般，顯得十分慌張的李斯，掀動朝服的下襬，走下樓梯。他用手扶著傾斜的法冠，對著跟在他後面的人大叫。李斯向來隨時保持冷靜沉著的態度，從來沒有在我們面前失色過。那光景給人不祥的感覺，看就知道宮殿內一定發生了什麼重大的事，勝過任何雄辯。

李斯停在階梯中途的寬敞平台，那裡正是他每次參加朝會時站的地方。他把笏擺在正面，稍微調整呼吸後，環視眼前所有的官吏一圈，倏地舉起了右手。

官吏們光看到這個動作，就全部閉上了嘴巴。

廣場鴉雀無聲。

「陛下安然無恙！」

李斯的叫聲在廣場響起。

「混在燕國使節李的賊人有兩名。其中一人拿匕首攻擊陛下時，被陛下親手殺死了。」

李斯放下右手，挺起胸膛，用比平時更快、更洪亮的聲音告訴大家：

「陛下安然無恙！」

霎時，廣場沸騰起來。男人們高聲吶喊，全都捲起一邊袖子，用左手握住露出袖子外的右手臂，抖動身體。我來秦國後才知道，這個地方的男人是用這樣的動作，來表達不知是憤怒還是興奮的感情。

等覆蓋廣場的感情浪潮到達頂點，李斯大人又舉起了左手。這次經過了一段時間才恢復靜寂。

「燕國無比卑鄙的手段，以失敗收場了。但是，事情還沒有解決。說不定還有其他同夥，今後會著手調查所有的線索。如果有人知道一點點關於賊人的事，請馬上站出來——」

李斯先這樣開場白後，才說出了被陛下親手殺死的刺客的名字。

就在緊繃的聲音傳到耳裡的瞬間，我的身體不自主地抖了起來。站在旁邊的同僚驚訝地看著我。

「荊軻。」

李斯突然叫了我的名字。

我當然不可能是賊人。太巧了，賊的名字的讀音正好跟我一樣。

「荊軻。」

這兩個字猛然浮現腦海。

我還來不及訝異地想為什麼，兩年前在邯鄲公所發生的事便歷歷浮現眼前。那時候，我也是在一群人當中被叫到了名字。我跟另一個男人同時回應了那個叫喚。

我的意識差點就被過去的記憶奪走了。

「嚇我一跳呢，京科，李斯突然叫你的名字。」

嘴角浮現苦笑的同僚拍拍我的肩膀，拉回了我的意識。他催我說回去吧，我對他點點頭。李斯已經轉過身，走上剛才下來的階梯。一群上司們也趕快追上他，快到差點跌倒。

看著他們的身影從視野消失，我們才從廣場散去。在中途的長廊就不用說了，連回到房間後，同僚們都還玩味著還沒退去的興奮的餘韻。趁上司不在，大家暢所欲言地說出了自己的感想。大家最關心的，還是刺客襲擊陛下的手段。

「李斯大人說是使用匕首，可是，他離陛下那麼遠，怎麼辦得到呢？總不會是從空中飛過去吧？」

大家越說越熱絡，我沒理他們，回到座位上。我不想加入同僚的討論，但也沒心情再開始工作。我從桌子角落的盒子，拿出全新的竹片，在小指寬的表面寫下「京科」兩個字，再寫下「荊軻」兩個字。然後，用小刀刮掉自己的名字。

用手指觸摸字消失的表面，有輕微的痛感。

「再待在這裡也沒用，所以我要離開邯鄲了。其實……是我在燕國有認識的人啦，想靠他的關係碰碰運氣。」

那個男人背靠著圍繞邯鄲公所的土牆，對我說的話，突然如氣泡般從耳底冒上來。

我注視著指尖，左右橫擺好幾次，才找到插入皮膚的小小竹刺。

是的。那個男人是因為我的關係，被封鎖了通往官吏的道路，所以離開了邯鄲。

房間裡的同僚們都回家了，只有我還留在座位上。上司可能要調查什麼，從架子拿出一捆捆的竹簡，放在桌子上。他解開繩子，用雙手把竹簡一捆一捆小心地排起來。然後，把手指放在綁起來的竹片上，宛如第一次碰觸女人的身體般，慎重地攤開竹簡。他天生氣度狹小，對部下的態度也可以說是盛氣凌人，唯獨對處理竹簡的方式，有值得學習的地方。那裡面有著對律法的尊崇的意念。被燻過的竹子表面上的文字羅列，代表什麼意義？將來會如何改變世界？唯獨知道的人才會做出那樣的動作。

「你在做什麼？趕快回家。」

上司終於察覺我的視線，發出了苛責的聲音。

我垂下了眼睛。桌上有一枚竹片，順著木紋躺在那裡。我看著一個還留在竹片上的名字，再次嘲笑自己的多疑。只在遙遠的邯鄲見過一次的男人，怎麼可能潛入咸陽宮當刺客嘛。況且，據稍後才回到房間的上司說，刺客是燕國的上卿本人。那個男人即使如他自己所說去了燕國，光兩年也不可能晉升為一國之卿。

「不過，你也真倒楣呢，竟然跟賊同名。」

我不由得把臉轉向上司，看到他浮現不懷好意的笑容。

「不用擔心，只是讀音相同，字跟你不一樣。」

他似乎很想看我的反應，慢慢地唸出了賊的名字，也就是我的名字。

「您知道那個名字？」

「是啊，離開廣場後，李斯大人說了是哪兩個字。」

上司說得若無其事，把視線轉回桌上。

「不過，我的感覺也很差呢。李斯大人提到你的名字好幾次，每次聽到我都覺得好像自己被問罪，糟透了。」

我下定決心，拿著眼前的竹片站起來，走到上司的桌子前面，與他隔著秤子停下腳步。

「怎麼了？」

上司訝異地抬起頭。

「是不是這個名字？」

我把竹片遞出去。

「喲，你還猜得真準呢，沒錯，就是這兩個字。」

上司看著我手上的竹片，毫不猶豫地點點頭。

我吞口唾沫，注視著竹片上的「荊軻」兩個字。

「我見過叫這個名字的男人。」

為了不讓聲音顫抖，我把力氣注入了丹田。

「哦？在哪？」

「在邯鄲的公所。」

「對喔，你是從趙國來的吧？」

邯鄲是以前趙國首都的所在地。但是，趙這個國家已經滅亡了。一年前被秦國併吞，不存在了。因為主人從趙國變成秦國，我現在才能調來咸陽。

「在那個地方，很多人取這個讀音的名字嗎？」

「不……不是那樣。」

「那是怎麼樣？有話快說。」

上司的眉間開始浮現不耐煩的神色，我看著他的反應，明知那才是正常的判斷，還是毅然決然地對他說：

「他可能就是那個男人。」

隔了一會，上司才說：

「襲擊陛下那個賊人嗎？」

他的表情顯然受到了驚嚇。我也知道這個想法太離譜。但是，與其讓這個懷疑在心裡不舒服地悶燒，我選擇不如向上司確認，趕快讓這個疑問煙消雲散。

「是的。」

果不其然，我再認真不過的回答，馬上被粗暴的笑聲抹煞了。

「京科，你真的很擔心這件事呢。但是，沒有比這件事更適合用杞人憂天來形容了。荊軻這個名字，其他地方也多得是。話說回來，你見到那個男人是什麼時候的事？」

「兩年前。」

「剛才你說是在邯鄲？」

「城鎮公所有書記官的職缺，所以舉辦招考補空缺。我是在考試會場遇見了他。」

「這樣啊，那麼你考上了？」

「是的。」

「你的荊軻呢？」

上司話中的「你的」的部分，明顯帶著過度詼諧的味道。

「職缺只有一個。」

「那之後，你還再見過那個男人嗎？」

「沒見過，但是，他親口告訴我，他要去燕國找他認識的人。」

上司冒出「哦？」的聲音。提到燕國，似乎稍微引起了他的興趣，但也只說了一句：「就這樣嗎？」

說完便垂下視線，又繼續攤開手上的竹簡。

「你也聽說了吧？賊人是燕國的上卿。據李斯大人說，他在燕國的確是坐在那個位子。也就是說，並不是昨天、今天才雇用的刺客。連區區一個城鎮公所的書記官都考不上的人，可以在兩年之內當上燕國的上卿嗎？連李斯大人都經過了十年，才被冊封卿位呢。除非那個男人擅長舞劍，那就另當別論了。」

我無言地搖搖頭。儘管記憶已經逐漸模糊，我也清楚知道，那個男人是跟那種喜歡擊劍的壯士完全相反的人。搞不好，這個人打從出生以來，就連劍都沒摸過。他暴露在強烈日照下的皮膚，是怎麼看都不健康的蒼白。他說為了當上刀筆吏，他讀書讀了好多年。刀筆吏是執掌文書的官吏的別名，來自於我們經常攜帶用來在竹簡上寫字的筆，以及用來做修正的小刀。

「那個人的年紀多大？」

「比我大兩、三歲吧。」

「你現在幾歲？」

「二十六歲。」

「恐怕只有生在皇族家，才能在你這種年紀當上上卿吧？」上司喃喃說道，誇張地嘆口氣說：「京科啊，你為什麼這麼在意這件事？」

我答不上來。望著竹片上的「荊軻」兩個字，我心想我可能只是單純想知道那個男人後來怎麼樣了。我胸無點墨，是那個男人教會了我道之所在。然而，我卻奪走了他的生存之道。

「那個男人說話有腔調嗎？」

這個問題問得很突然，我還來不及思考這句話的意圖，就有個聲音反射在頭腦的一隅，發出了聲響。

「啊，實在太遺憾了。」

兩年前，我到邯鄲的公所時，有個男人仰望天空說了這麼一句話。那個口吻跟我父親一模一樣。我原本覺得他不好接近，根本不可能跟他交談，卻不由自主地問他：「你是來自衛國嗎？」因為我的父親是衛國人。

「那個男人有衛國的腔調，我問他是不是來自衛國，他回說待到十五歲……」

上司沒有回應，把手裡的竹簡舉到額頭附近，表情嚴肅地瞪著我好一會後，低著頭說：「跟我來。」

「我要把李斯大人交代的典籍送過去。你把你剛才說的話，再對李斯大人說一次。供燕國人住宿的館舍的人說，跟賊人交談時，感覺賊人有衛國的腔調。跟賊人聊起這件事時，賊人回說在衛國住到十五歲。」

上司抬起了頭。宛如畫成一條線般的細長眼睛，一百八十度大轉變，浮現強烈的緊張神色。跟打開竹簡時一樣，他又開始慎重地捲起了竹簡。

官吏們似乎都回家了，我經過空無一人的房間前，與上司一起走向李斯大人辦公的廳堂。迴廊外草率地堆放著砍下來的竹子，被驅逐夕陽餘暉逐漸覆蓋天空的微暗吞噬，形成山丘般的黑影聳立著。

我們究竟花幾天的時間，就能把那個份量的竹子，全部寫滿了字呢？以前，我隔壁的同僚，很氣事情多到怎麼寫都寫不完，曾經大發牢騷說這個宮殿的主人絕對不是大王，而是竹子。我想再補上一點正確的說法——纏繞著律法的竹子才是這個國家的主人。上司走在我前面幾步，我望著他手上的竹簡。如果我想把那個竹簡折斷，很容易就能折斷。然而，這麼不可靠的竹子的匯集物，卻將在今後統一世界。

律法將會統治世界。

這種主客關係的存在，是那個荊軻告訴我的。

回想起來，只能說是奇妙的緣分。我從來沒想過要當官吏。只是聽到招募消息的父親叫我去，我就去了城鎮公所。因為幫父親做過生意，所以我從小就學會了讀寫與算帳。我對公所的工作毫無興趣，但是，因為秦與趙之間紛爭不斷，我父親很久都不能做生意，所以為了減少家裡的伙食費，我就去找工作了。

只招募一個人，卻湧來了二十多個男人。考試方式是閱讀放在大人物前的公文，再回答幾個問題就結束了。我會讀公文，但看不懂文中的意思。現在回想起來，知道那是關於歷表的命令書，但是，當時我被問到內容寫的是什麼時，就亂猜說是「藥的處方」，在考試官們的大笑聲中離開了房間。

隔天，男人們又聚集在一起，聽考試的結果。我心想再怎麼樣也不可能是我，所以聽到自己的名字被叫到時，我比誰都驚訝。

「京科。」

但是，更驚訝的是，有另一個男人跟我同時回應。

那就是——荊軻。

公所的男人急忙做確認，但不知道為什麼，上面寫的是其他名字，只是讀音一樣，既不是京科也不是荊軻。公所的人都很困惑。從皇宮來的高官，昨天就去其他地方出差了，一時之間沒辦法向他確認。

當叫囂「再重考一次」的聲音，從男人當中傳出來時，公所的長官扯開嗓門大叫：

「請田先生來！」

田先生是城鎮的名士，以擅長占侯卜筮之術的「日者」聞名。沒多久，田先生來了。綁成一束的白髮長到腰際的田先生，拄著拐杖來到了公所，長官請他占卜真正上榜的人。田先生立刻答應了，要求借他一個房間。他把借他的房間打掃乾淨，整理好衣冠，便開始用竹籤為長官占卜。

「那個男人——」

從房間走出來的老人，把拐杖前頭指向坐在牆邊的我後就離開了。沒有人對田先生的占斷提出異議。長官又叫我「京科」，命令我明天就來工作，然後就地解散了。

當然，我知道，不可能是我。高官只是寫錯了名字，他中意的一定是另一個男人。我掩飾我的羞愧，走出公所，就看到那個荊軻仰望天空，呆呆佇立著。我假裝沒看見他，正要回家時，聽到很重的衛國腔調的聲音。

「啊，實在太遺憾了。」

因為這句話，我跟荊軻交談了。不過，也只是站著聊了一下子。從這個男人的說話方式，可以知道他是性格很耿直的人，就跟他那張嚴肅的臉一樣。他絕口未提對結果的不滿，只是硬擠出聲音說為了成為官吏，他努力了很長的時間。我馬上後悔跟他說話了。正想適度切斷話題時，荊軻說：「給你。」一把繫在腰間的袋子塞給我。

「我已經用不著了，對你以後的工作一定有幫助。」

在沒有任何心理準備的狀態下，明天就要開始工作了。已經很緊張的我，雖然不知道裡面是什麼東西，還是疑惑地接下袋子，跟他道別了。

這就是我跟荊軻之間的來龍去脈。

袋子裡裝的是竹簡。上面是師父的教導內容，告訴有志當官的弟子，必須具備的知識。不知道是荊軻本人的師父說的話，還是他與其他弟子彼此切磋的竹簡。不過，從變黑的竹子表面、用來綁竹片的繩子快斷掉的模樣，可以知道荊軻逐一摸過竹簡上記載的文字，反覆讀過好幾遍。他把這東西讓給我，說要離開邯鄲，究竟意味著什麼？每次想到，我就覺得很不是滋味。

開始在公所工作後，我就忘了荊軻。沒多久，秦攻進來了。趙國被擊潰，從地面上消失了。重新設置的郡的長官，發出了命令書，指示送一名書記官去咸陽。可能是因為從懂事以來，我就跟著父親四處行商，所以對趙國的執著不像周遭的人那麼強烈。我把去咸陽當成大好機會，接下了這個命令。想搭上即將來臨的秦國新時代浪潮的野心與追求功名的念頭，悄悄搔動著我的心。

離開邯鄲前一天，我整理行李時，摸到了好久沒再看過的荊軻的竹簡。從那場考試到現在，快一年了。我漫不經心地解開竹簡的繩子，眼睛逐字往下看，大吃一驚。我竟然看得懂裡面的意思。荊軻交給我時，我還只能抓到大概的意思，可能是工作經驗的累積、知識的增長，我可以理解得非常透徹了。

竹簡中記載的是，法家弟子之間的應對。我開始在公所工作時，沒有人知道法家那一群人。但是，大家漸漸知道，成為新主人的秦國，把以法治國當作最高原則的法家的主張，擺在政治的中樞。

我住進咸陽後，又忘了荊軻。在邯鄲以前的皇宮都無法比擬的雄偉宮殿裡，我被徹底灌輸了法家的思想。以前我所知道的世界，是先有國家，才有人民。在人民之間產生的律法，是國家規定的律法。但是，法家提倡的觀點不一樣。首先要有律法。律法之下存在著國家、存在著人民。如同被捆成一捲的竹簡，由律法將國家與人民捆成一團。這個思想的目標非常明確，就是統一。這幾百年來，世界分成好幾個國家，長久以來紛爭不斷的歷史，就要被秦國終結了。

為了達成這個龐大無比的目標，率領強大軍隊，站在前頭的人，當然是秦王，而經常成為影子支持他的是李斯大人。在咸陽就任的所有官吏，都有義務要閱讀李斯大人的著作。那是不可思議的經驗。巨大的概念會透過竹簡的小小文字，滲入大腦。我知道李斯大人也是不輸給秦王的巨人。他的文字非常純粹，充滿堅強的意志。李斯大人要做出一片雲，一片覆蓋整個大地的廣大無邊的雲。那片雲會降下名為律法的雨。不管任何人想在大地上成立怎麼樣的國家，都一定會降下雨，滲入土壤。

秦王的軍馬蹂躪過的土地，李斯大人會接著把律法的軍隊送進去。在咸陽當官的官吏，被要求整頓為不帶刀的兵。我們宛如著了迷似的，把律法記載在竹簡上，送往一天天持續膨脹的新國土。李斯大人連劍都沒揮一下，就想改變世界。我認為他的作為很勇敢，他的理想很美麗。

「喂，到了。」

走在前面的上司突然端正姿勢，乾咳兩、三次的聲音，拉回了我的意識。走廊盡頭有扇大門，上司停在門前，高聲說出了部屬與名字。聽到「進來」的低沉聲音，上司以碰觸竹簡時同樣的慎重，把手伸向了門。

我在李斯大人面前報告在邯鄲發生的事時，不停有人走進廳堂，把竹簡放在桌子上就離開了。

因為擺著很多燭台，所以室內亮得像白天。深深靠在椅背上的李斯，把攤開的竹簡放在手掌上，像是要洗臉般，拿到靠近鼻尖的地方。乍看會覺得很古怪，但是，在我們之間，這絕對不是稀奇的光景。因為不分晝夜都在追逐文字，所以他的眼睛嚴重惡化。這是老官吏常見的毛病，但李斯大人應該還不到五十歲吧。他的視線像是在尋找盤子表面的裂痕，掃過手上的竹簡。看他那樣子，就可以清楚知道，至今以來他是如何與文字糾結在一起。

「那個人擅長用劍嗎？」

那是我報告完後，李斯大人對我說的第一句話。對於跟上司同樣的問話，我回說我認為不是。李斯大人點點頭，把手上的竹簡放回桌上。他對隨侍在側的官吏簡短交代處理的方式，在官吏恭敬地拿著竹簡離開後，吃力地站起身來。

「來。」李斯大人用下巴向上司示意，跨步往前走。我不知道該怎辦，呆呆站在那裡，上司用焦躁的聲音說：「京科，你也來。」李斯大人聽到這句話，低聲笑著說：「原來如此——京科、荊軻啊！」

李斯大人從不是入口的另一個門，走出了廳堂。左右土牆如懸崖般聳立，窄到人不能並行的通道，長長地延伸。抬頭一看，上面是狹窄的天空，宛如一條長長的帶子。夜幕尚未低垂。缺損一半的月亮，綻放著淡淡的光芒，孤獨地飄浮在那裡。

「如果賊人是練劍的練家子……」

走在前頭的李斯大人，突然發出含混的聲音。上司慌忙應和。

「陛下可能就沒命了。」

這回連上司都沒能馬上應和，通道一片靜寂，只聽到三個人的腳步聲。

「我們都太疏忽了，沒想到賊人會做如此執拗的準備。連我剛開始都不知道發生了什麼事，根本看不見，太丟臉了。」

李斯大人扭扭脖子，自嘲地歪起嘴角，指著自己的眼珠子。

「沒有人可以去救陛下，因為我們身上都沒有可以用來當武器的東西。也不能叫衛兵入殿，因為沒有陛下的命令，他們都不可以入殿。但是，遭刺客襲擊的陛下，根本沒空下命令。最後，陛下自己與刀交戰，給了賊人致命的一擊，才終於可以叫衛兵入殿。平息騷動，把陛下帶到裡面後，你們知道我做的第一件事是什麼嗎？就是準備修法。陛下已經獲准，明天就要施行新法了。以後陛下遭遇危險，就可以依據臣子的判斷叫喚衛兵。怎麼樣，聽起來滑稽吧？倘若陛下失去了性命，國家就完蛋了。我們訂定的律法，轉眼間就會變成沒用的竹屑。然而，我們卻遵從律法的規定，沒有人去叫衛兵，即便看到主人就快沒命了。你們覺得怎麼樣？我們是一群笨蛋嗎？」

上司沒辦法回任何話，逃避似的低下了頭，我的視線就與李斯大人的視線直接對上了。我還沒搖頭說：「不是。」李斯大人的嘴巴又活潑地動了起來。

「是的。自古以來，我從沒聽說過這麼滑稽的事。救陛下的人，不是誇口說在戰場上砍過上百個敵人首級的將軍，也不是以在黑夜也能射下雁子為傲的武官，而是一個普通的醫生。御醫拚了命扔出去的藥袋，很幸運地，重重擊中了賊人的臉。要不是這樣，陛下就被塗有毒藥的匕首刺中了。」

以壓倒人的氣勢說完一長串話後，李斯大人從鼻子不愉快地冷哼一聲，又把頭轉向了前方。

「的確是很滑稽，但這就是所謂的法治。」

那個聲音不是衝著我或上司而來，彷彿是在向前方不斷延伸的黑暗通道宣言，飄盪著某種孤獨的味道。尷尬的沉默又回來了，我只能嘆著氣，跟在上司後面。通道的終點有篝火。李斯大人舉起一隻手，衛兵立刻打開了鐵門。我從森嚴的氛圍猜測，門後面是監獄，果然猜對了。

「看不見，拿火來。」

李斯大人一出聲，獄吏馬上拿著蠟燭走過來。

「我來認犯人，帶我進去。」

獄吏無言地點點頭，先跨出步伐走在前面。天花板很低，空氣也很糟。中途，旁邊有像地窖般的地方，躺著一個男人。獄吏的火光稍微照到他時，我看到他下面有一攤黑色的東西，不知道是黑影還是血，我趕快撇開了視線。

火光的搖晃停止了，李斯大人繞個圈子走到牆邊站住，突然叫了我的名字。

「京科。」

李斯大人前面有張台子，上面躺著一個赤裸裸的男人。李斯大人的視線落在男人的臉上。當我知道「啊，他不是在叫我」時，李斯大人面向我說：

「怎麼樣？」

上司讓開位子，叫我往前走。我隔著台子，站在李斯大人前面，低頭看男人的臉。獄吏配合我的動作，用蠟燭照亮。劍術再怎麼高明的人，都不可能一劍就把對方刺死，要刺好幾刀，對方才會因出血過多而死。這是有過戰場經驗的同僚告訴我的。賊人的半邊臉如石榴般裂開，又醜又腫，毫無血色的上半身也浮現好幾條刀傷，驗證了同僚說的話。

屍體張開著嘴巴。可能是拚命想取陛下的性命，在叫吼中死去了。但是，我沒有聽到他的叫喊。

「啊，實在太遺憾了。」

那時候，他仰望天空說出來的衛國腔調，從微暗的監獄天花板飄下來。是荊軻沒錯。被那個半吊子的占卜者害慘的可憐男人，被砍得遍體鱗傷，成為屍體仰臥在我眼前。

我說是我在邯鄲遇見的男人沒錯。儘管告訴自己要冷靜，聲音還是不由自主地發抖，腳也自行往後退，撞到上司才停下來。

回到廳堂，我又向李斯大人報告了一次在邯鄲發生的事，然後跟上司一起退出了廳堂。

三天後，荊軻與其他被捕的燕國外交使節，都被砍斷了四肢，頭被掛在路旁的樹上示眾。森嚴的戒備沒起作用，是陛下手刃了刺客。或許是不容許這麼粗心大意的事流傳出去，事件被包裝成「計畫在事前曝光，所有人都被活捉」，所以荊軻在那之後又被殺了第二次。

像是在等待季節變遷似的，討伐燕國的軍隊從咸陽出發了。想靠一把匕首刺殺秦王的小國的企圖，反而觸怒了巨人，最終只落得加快了自己的滅亡。

荊軻等人被處刑後，下了噤口令，但經過一段時間後，那天在殿內發生的事還是慢慢傳了出去。如李斯大人所形容的「執拗」二字，燕國在入秦之前，的確做了萬全的準備。他們為了謁見陛下，帶來了兩個大禮物。一個是首級。他們殺了叛逃到燕國的前秦國將軍，獻出他的首級，以示恭順。因此，獲得了直接拜謁陛下的機會。另外還呈上了督亢的地圖。他們表示願意割讓燕國最肥沃的土地，藉此取得可以在陛下面前展現地圖的機會，而不是隔著長長的階梯。

但是，只有兩個人可以進入謁見陛下的場所，而且，只有其中一個人可以前進到御前。由荊軻擔任這個任務。他解開用來畫地圖的絹帛，請陛下拿著前端，假裝要繼續做土地的說明，乘機抽出藏在捲軸中心的匕首，猛然突擊了陛下。

匕首抹了毒藥。那個距離理應不會失手，但荊軻的刺殺卻沒能傷到陛下。他用左手抓住陛下的袖子，右手揮出刀子時，袖子被扯斷了。

告訴我這件事的同僚說到這裡時，拉扯我的袖子，苦笑著說：

「這點力氣就扯破了，可見裁縫偷工減料很嚴重。」

陛下有佩戴長劍。幸運逃過荊軻那一刀後，陛下拔起了劍。追上去的荊軻，被御醫丟出去的藥袋絆住了。真要打起來，匕首也絕對贏不了長劍。陛下重整架式，打倒了荊軻。那之後才下令叫衛兵進來，幾個衛兵就把賊刺死了。

「另一個燕國同夥嚇呆了，站在階梯下一動也不動，直接被衛兵抓走了。」

從那位同僚的口吻，我感覺他似乎在下意識中認同了荊軻的勇敢，於是我收集桌上的竹簡，站起來走開。工作結束的鐘聲已經響起。我把一天份的竹簡，放在上司前面的秤子上。坐在桌前的上司，把視線移向秤子的盤子，看到超過了規定的重量，又默默把視線拉回到手中的竹簡上。

❁

出兵的軍隊在易水之西大破燕君的消息傳到咸陽時，我剛好藉出差的名義，難得回到了邯鄲的故鄉。

先回家問候過父母後，才去了以前工作的公所。為了迎接從咸陽來的監察人，那裡看似飄盪著緊張的空氣，但知道監察人是我，緊張的空氣就被歡呼聲取代了。公所的長官粗暴地拍著我的背說：

「早知道京科會這麼飛黃騰達，當初我就應該自己去咸陽了。」

大家都笑了。

晚上舉辦了歡迎宴會，我被熟悉的趙國腔調包圍，喝得酩酊大醉。在宴席上，大家聊起了燕國大敗的事，有一個人提起了荊軻那件事。當然，話中沒有出現荊軻這個名字。他們當然無從知道，在場有幾個人，在兩年前的考試時見過荊軻。但是，對秦王被襲擊那天的事，他們卻描述得十分詳細。我默默聽著他們說話的聲音，覺得醉意逐漸退去。在咸陽必須避開眾人的眼光，只能小聲說的事，踏出外面一步，就可以說得這麼露骨，讓我知道了世間的現實。我尤其受到強烈打擊的是，談到荊軻的行為時，話中明顯流露出讚賞的意味。其中，甚至有人提起「義」這個字，稱讚荊軻一個人對付秦王的勇敢。

雖然懷念趙國治世的聲浪依然強烈，對秦國的忠誠度也很低，是這裡的人情風俗，但撇開這些不說，他們看荊軻的眼光，還是遠遠超出我的想像。在咸陽的官吏中，也有不少人認為那樣的蠻行是愚蠢的，卻在心底角落悄悄認同他的勇氣。但是，咸陽的人究竟知不知道，在這裡是公然發出支持的聲音呢？

在手裡攤開竹簡，弓著背，像觀察盤子般看著竹簡的李斯大人的身影，忽然浮現腦海。李斯大人要塑造的那片雲，或許沒那麼容易擴展開來。我懷著陰鬱的心情，喝光了酒杯裡剩下的酒。

宴會結束，我踏上了回家的路。往屋內看，父母都睡著了。我覺得格外清醒，毫無睡意，便走向了獨立小屋。我打開門，拉出牆邊架上的盒子，這個盒子依然擺在我去咸陽之前的位置。我摸到底部，拿出皮袋子。走到外面，打開袋口，破舊的竹簡便呈現在月光下。

我坐在地上，解開竹簡的繩子，在手裡慢慢攤開來。用來綁竹片的繩子已經到處脫落，映在地上的影子跳來跳去。這會是荊軻的親筆竹簡嗎？我借著月光看如黑漬般浮現，絕對稱不上好看的文字。

那個男人應該是忠誠的法家徒弟，為什麼會淪為刺客呢？直到現在，我都無法理解荊軻的行動。在大家還不認識法家的時候，他就讀透了這個竹簡，無庸置疑，具有先發制人的特質。據我所知，他是被拔擢為燕太子的顧問，純粹憑他的實力爬到了上卿的位子。在東山再起的地方，他成功地達成了目標。然而，他卻以刺客的身分，潛入了幾乎可以說是把他所學之道──

法家思想——結晶化的都城，帶著抹上毒藥的匕首，企圖殺死與這個竹簡的內容所示的志向劃上等號的秦王。

我想問為什麼？我絕不認為荊軻是勇敢的，更不可能把荊軻當成義士。能前進到陛下御前的周密計畫，的確非常優秀，但一個可以成為上卿的聰明男人，應該比任何人都清楚，自己使用匕首的本領有多差。結果，陛下連擦傷都沒有，倒是荊軻轉眼間就喪命了。

「啊，實在太遺憾了。」

從我映在地面上的影子的周圍，傳來非常悲傷的衛國腔調。我粗暴地捲起手中的竹簡，站起身來。

計畫徹底失敗了，諷刺的是，荊軻的行動卻把某種東西植入了人們的內心。在剛才的宴會上，我聽說街頭巷尾都以「燕人刺秦」的說法，來宣揚他的義舉。倘若，那個胡說八道的占卜的結果不一樣，就可能會跟那些人一樣，當個小官吏度過一生的男人，在不知不覺中，因為一把匕首，甚至成了與大國對峙的存在。

我走進家裡，抓起爐灶前的打火石和一束枯草，又走到外面。今後，人們會繼續欣然地宣揚荊軻的行為吧？或許是秦國越強大，就越會把他捧成曾經嘗試殺死秦王的英雄。沒有人認識真正的荊軻，然而，所有人都知道荊軻。

「荊軻、荊軻、荊軻——」

我重複他的名字，打起了打火石。中途，我漸漸搞不清楚，我唸的是自己的名字？或是兩者中的哪個名字？但我還是繼續叫。究竟，人們看到了什麼？那個男人又做了什麼？

「荊軻、荊軻——」

我停下敲擊打火石的手，仰頭望向天空。月亮被薄薄的雲層遮蔽，淡淡的月光滲入雲中。我們就是想成為那片雲，懷抱著無比龐大的野心，試圖完成誰也無法完成的事。在這種狀況下，針對荊軻的行為，只該問他手上的匕首碰到了什麼？人們卻都不這麼想，把雄偉視為粗暴，把卑微視為純真給以讚賞，把野蠻當成正義，爭相編織起新的故事。對我們今後即將創造出來的新世界，看也不看一眼。

我壓抑好想大叫的心情，敲擊一下打火石。好幾道火花如彈開般四濺。好久都沒能點燃枯草，我不耐煩地連打好幾下打火石。枯草終於燒起來了。我等風吹過來，火焰慢慢大起來，再把竹簡拿到火的頂端。

荊軻就是這個小小的火種。人只要不抬頭，望遍整個天空，就不會發現覆蓋天空的雲朵是多麼廣大。但是，在黑暗裡發亮的火種，可以輕易吸引任何人的目光。那麼，我是什麼呢？我沒辦法在天空做出雲朵，也不能變成滲入大地的強雨。現在的我，只能這樣被延燒到竹簡的火光照亮，成為從那個男人誕生出來的一片影子，在地面上延伸。

「荊軻。」

我不是叫我，斬釘截鐵地叫了那個男人的名字。

「那一天，你給了什麼都不知道的我一條道路，而你卻捨棄了這條道路。」

我抓著竹簡的一端，把竹簡攤開來。原本捲起來的竹簡，發出清脆的聲響，在黑暗中躍動。火焰舔過搖來晃去的表面，排列的文字瞬間被火光吞噬了。

「再過沒多久，世界就會合而為一。到時候，你就好好反省吧。我會親眼看著，原本是你應該走的道路，盡頭會是什麼。即便有時候會太過殘酷，我還是相信唯有律法能統一這個世界，帶領人們走向公平。這個竹簡還給你。以後，這不再是跟著你走的道路，而是我獨自一人前進的道路。」

就在我一口氣說完時，繩子被火燒斷，一團失去支撐的幾十片竹片，彈開火花，同時掉落地面。

我彷彿聽見了微弱的回應聲。

是的，荊軻，我再也不會提起你的名字。

父司馬遷

我曾看過馬死去的瞬間。

父親帶我去雛陽給祖父掃墓，在回家的途中，我坐在馬車的貨台上，呆呆望著後方的風景，突然看到一匹馬奔馳在街道左右的寬闊草原。沒有人騎乘的一匹馬，鬃毛飛揚，優雅地奔馳著。屁股朝向這裡，身影越來越小。我不由得把身體探出貨台，看得入神。馬在我視線前方停下來了。

接著，慢慢向旁邊倒下。

就那樣，再也沒起來了。

我啞然失言，從貨台追逐著馬的身影，直到再也看不見草叢縫隙裡的黑色馬肚。

住在雛陽的三天，我完全沒有記憶。唯獨那匹馬的事，至今仍深深烙印在我的腦海。

不過，我每次提起這件事，兩個哥哥就會露出「怎麼可能」的表情。他們也坐在貨台，在我旁邊看到了同樣的景色，卻完全沒有看到馬的記憶。哥哥們都說，怎麼可能會有沒配馬鞍的馬在街道旁亂跑。我反駁說這個道理我也知道，所以才到現在都還記得啊。哥哥們還是對我嗤之以鼻，不理會我。最後冷冷地說：「榮，妳當時才三歲，怎麼可能記得。」就結束了這件事。

聽母親說父親回來了，不知道為什麼我腦中浮現的是無聲無息倒下的馬的身影。父親平安地出獄回來了，為什麼我卻偏偏想起了畜牲的死亡呢？

母親在告訴我這個消息時，直到最後都是以「那個人」來稱父親。成為她新丈夫的男人，就待在隔壁房間，所以她那麼說或許是為了對那個男人宣示忠誠，也或許是對已經離婚的父親的真實感覺。冷冰冰的嗓音，飄盪著極為疏遠的味道，彷彿只是在對有血緣關係的孩子們盡最起碼的義務。

我們兄妹之間，這三年來從沒聊過父親的事。或許，在我們心底某處，都認定父親已經死了。也因為這樣，工作結束後被叫回家的哥哥們，跟我一起聽母親說完這件事後，心情的起伏都很劇烈。他們兩人一起罵了父親，不時提到「恥辱」兩個字。我試著想起父親的模樣，但怎麼樣都想不清楚。不過，他在獨立小屋，把臉靠近桌面，不停地寫著什麼的身影，成為視覺暫留的影像，斑斑駁駁地烙印在我腦海。

我自己也不知道為什麼會提出這樣的要求。

我可以去看看父親嗎？

哥哥們各自回家，現在是我父親的男人也外出了，只有我跟母親兩人待在爐灶前時，我不經意地冒出了那麼一句話。母親沉默不語。浮現她眼底的神色依然嚴峻，甚至給人可以說是「厭惡」的感覺。母親什麼話也沒說，嘆口氣，把手裡的菜刀放進用來裝待洗物的籃子裡。我把她這樣的動作當成是答應了。

儘管是我自己提出來的要求，我還是有我自己的態度。我也跟母親、哥哥們一樣，跟父親斷得非常徹底。我知道要抹去這樣的心態，不是件容易的事。隔天，下雨了。雨停了，道路也會泥濘難行。我以此為藉口，第二天、第三天都往後延，到第四天才穿越集市，沿著連「懷念感」都已經消失的道路，往以前的家走去。

父親被皇上賜死。

行刑的官吏大早就來了，沒告知理由，就把跟平常一樣準備出門的父親帶走了。從此以後，父親沒有回來過。幾天後，我聽母親說父親被賜死了。母親癱坐在屋裡的一隅，呆呆望著黑暗。我問父親犯了什麼罪，大哥說父親是在皇上御前說了觸怒皇上的話。聽完大哥的話，我大吃一驚。我知道父親在宮殿工作，但作夢也想不到，父親的職務大到可以跟皇上直接說話。我又問父親說了什麼，二哥用壓抑憤怒的嗓音告訴我，父親是為投降匈奴的將軍辯護。

在我和哥哥們誕生之前，在遙遠的北方與匈奴之間的戰爭就持續不斷。父親為什麼會為那樣的叛徒辯護，誰也說不出理由。而且，聽說父親與那位將軍，平日也幾乎沒有往來。

風平浪靜的生活，突然陷入黑暗。哥哥們代替躺在床上動也不能動的母親，為父親的事到處奔波。大哥帶了一個年輕男人回來。那個男人名叫任峻，長得一副窮酸相。父親擔任太史令時，他在父親手下工作。父親長年在這個長安城擔任官吏，最後來到我們的家的人，卻只有一個怎麼看都像小吏的瘦弱男子。但是，他也沒什麼力量。任峻向母親說明律法的結構，說繳納五十萬錢贖罪，便可免於一死。那個金額遠超過父親十五年份的俸祿。我家不可能有那麼大一筆錢，所以母親又墜入了沉默的深淵。哥哥們頻頻拜訪親戚，不斷地懇求，都沒有人願意伸出援手。任峻也求救於父親的朋友，但沒有任何人回應他的要求。大家都害怕，跟皇上直接降罪的人扯上關係，會被連累。

坐牢的父親，只是個等待行刑的可悲的罪人。下次再有官吏來我家時，應該就是通知父親的死亡。我如石頭般蜷縮在母親的旁邊，每天忍著不嘆氣，等待結束的到來。

但是，再怎麼等待，那個時候都沒有到來。倒是在狀況整個絕望後便消失了蹤影的任峻，氣喘吁吁地跑來通知父親免於一死的消息。然而，他的臉上沒有開心的表情。父親的確免於一死，但絕對不是罪被豁免了。這意味著什麼，任峻告訴了母親，也告訴了哥哥們。我已經十二歲了，但他可能把我當成年紀還小的小女兒，只對我搖搖頭，給我一個悲哀的眼神，就離開了。

之前從來沒有在我們面前哭過的母親，那之後反反覆覆哭了三天。哥哥們每天晚上都不在家，白天回來時臉上都嚴重掛彩，後來就窩在家裡，再也不出門了。父親到底發生了什麼事？我一點都不想問，但我有感覺，母親與父親之間已經產生了決定性的決裂。

沒多久，母親那邊的親戚來了，把我們從家裡帶走。母親與父親離婚，半年後，聽從親戚的建議，嫁給了妻子剛病逝的新的男人。哥哥們改名字，找到了新的工作。哥哥們毫不猶豫地拋棄了從遠祖延續至今的姓。為了在這個京城活下去，他們必須這麼做。父親觸怒了皇上。連還不懂人情世故的我，想到皇上這個存在，都會有絕對巨大、恐懼的感覺，就像塗滿深灰色的天空，如泰山壓頂般壓下來。我們拋棄父親，選擇了逃脫那個沉重壓力的生存方式。

兩個哥哥後來都娶了妻子，現在各自住在不同的地方。我要去見父親這件事，我沒有告訴哥哥們。聽到這件事，他們應該會反對吧？

我穿過集市，走過了河川上的古橋，當舊家的屋頂出現在一排土牆的前方時，周遭空氣忽然變得熟悉起來了。

爬上坡度平緩的坡道，走到盡頭就是舊家門口，不知道是不是我多心，覺得門變小了。不，不是那樣，是我自己長大了。我帶著心癢難耐、忐忑不安的感覺，踏入了大門。暌違三年的家，一點都沒變。我們離開時往外丟的椅子，原封不動地躺在地上。在哥哥暴怒下被扔向牆壁而破裂的盤子、壺子，都成了碎片散落一地。

父親還沒回來嗎？

我帶著湧現的疑心，戰戰兢兢地從敞開的家門往屋內瞧。沒有人影，但有用過餐的痕跡。打開入口處旁的甕一看，裡面裝滿了新的水。父親果然回來了。

我往獨立小屋走去。

獨立小屋是父親的城堡。有很多木簡、竹簡插在靠牆而立的一整面架子上，比在集市裡的書店還多。還有用來觀察星星的道具，擁擠地排列在地上。只有哥哥們可以進入獨立小屋，我是女生，不可以進去。不過，門大半是敞開著，所以，當父親教哥哥們讀書寫字時，我可以從外面偷看。強忍著度過無聊時間的兩個哥哥，會輪流傳送焦躁的視線給我，看到他們那樣子，我就很開心。

沒想到有一天，我會在這種狀況下，首次踏入獨立小屋。我在緊閉的門前駐足，想要叫喚父親，但卡在喉嚨裡的東西把聲音壓住了。我原本打算悄悄把手伸向門把，腳卻先狠狠地撞上了門。不得已，我只好毅然決然地推開了拉門。

有光線照入微暗的室內。

發現沒有人在，我正要放鬆肩膀的力量時，地板上有東西動了起來。我不由得大叫，就看到一個黑影晃晃悠悠地爬了起來。

「誰啊？有什麼事？」

我一直以為，坐牢坐了三年的父親，應該會變得跟以前那個任峻一樣瘦，眼前的父親卻比三年前胖了一圈，不，是胖了兩圈。我呆呆望著他浮現在黑暗中那張變得圓潤的臉，半晌才發現少了鬍子。從下巴覆蓋到耳朵的鬍鬚不見了，因此脖子四周的肉看起來格外醒目。

三年前任峻沒有告訴我的事，現在我也知道了。

大哥趁母親不在時告訴了我。

他說父親已經不是人了。

視野莫名地搖晃。看到父親的臉後，浮現在我腦海一隅的光景，果然還是從雒陽回家時，倒在草叢裡的那匹馬的身影。馬的腹部離搖晃的馬車貨台越來越遠。坐在隔壁的哥哥，用陰沉的嗓音跟我說話。

他說名叫司馬遷的我們的父親已經死了。

我逃走了。

衝下坡道，跑到架在河川上的橋才停下來。大概是從集市回來的三個女人，腋下夾抱著籠子，在與我擦身而過時，滿臉訝異地看著我。我看到其中有我認識的人，對方似乎不想被我發現，很快又聒噪地聊起天來，走上了坡道。

從橋上往下看的河水，映著我扭曲的臉。胸口的悸動尚未平息。我摸摸脖子，頭髮都被汗水黏在上面了。

我邊調整氣息，邊再三回想在獨立小屋看到的情景。

打開門時，我的注意力全在父親身上，但隨著眼睛逐漸適應黑暗，我看到不知哪來的木片，覆蓋了整片微暗的地面。當我發現那些木片是用來觀測的道具被打碎了，還有插滿架子的竹簡、木簡被扯下來了，甚至整個架子都倒下來了，我不禁屏住了呼吸。那時，我聽見了說話聲，但不知道說了什麼。說不定是叫喚我的名字「榮一」。當躺在地上的身影，從散亂的木片中爬起來，把手伸向我時，我「呀」地尖叫起來，轉身跑了。

我抬起望著河流的視線，用袖子擦拭額頭上的汗水。沿著坡道歪斜延伸的土牆前方，可以看到我家的屋頂。我記憶最深刻的父親的身影，是他把道具搬上那個屋頂，每晚觀察星星動向的模樣。後來哥哥告訴我，他是在做新的曆表。聽完哥哥的話，我才知道父親在宮殿是做什麼工作。

就是因為知道了，所以到現在都還不能相信我看到的情景。

那些觀測道具，是同樣擔任太史令一職的祖父的遺物，父親比什麼都珍惜。小時候，哥哥們曾經私自進入獨立小屋，把道具拿來玩。父親發現後，不容分說就把他們兩人拖出屋外，毫不留情地狠打一頓。從此以後，包括我在內，孩子們都被禁止進入獨立小屋，直到二哥十二歲，兄弟倆開始跟著父親學習讀寫為止。

我們離開家的那天，獨立小屋還是父親被帶走前的模樣，沒有人碰過。那麼，是父親親手破壞了那些有很深的感情的東西。

那真的是父親嗎？忽然，這樣的疑問在我心中冒出了頭。在微暗中，我會不會看錯了呢？這麼一想，我就突然沒了自信。回想起來，那個聲音好像跟父親不一樣。再說，人坐了三年的牢，身體可能會長那麼多肉嗎？我也沒有充分的時間確認他的臉。可以確定的是，那個人沒有鬍子。可是，父親有必要剃鬍子嗎？正常的大人都會留鬍子，我所認識的父親，當然也留著濃密的鬍子，一直延伸到到耳朵。

再回去看一次，便可真相大白。但是，想到可能是陌生男子賴在那裡不走，私自破壞了父親的道具，我就沒有勇氣一個人折回去。

腳很自然地走向了回家的路。走在通往集市的路上，我一直想著父親的事。以前跟父親一起生活的記憶逐漸滲出來，彷彿要與至今三年來被刻意遺忘的部分做核對。

不過，我幾乎沒有跟父親好好說話的記憶。

除了吃飯時間外，父親都窩在獨立小屋。做完新的曆表後，他就很少在半夜拿出道具觀察星星，都是坐在書桌前，專注地寫文章。以前，哥哥曾指著北方天空，告訴我北極星的位置。還把頭頂上可以確認的二十八宿的星星，用手指一一描繪給我看。我真的很羨慕哥哥。哥哥們被允許進入獨立小屋，是因為父親認為有朝一日，或許哥哥們可以繼承從祖父時傳下來的太史令一職。父親不只教哥哥們文字、書籍的知識，還教他們如何使用觀察星星的道具。哥哥們因為那些道具觸怒父親的事，已經成為昔日的回憶了。

是的，一切都過去了。

哥哥們不再讀書了。我也知道這是無可厚非的事。既然通往官吏的道路被封鎖了，父親教的學問也無用武之地了。為了生存，哥哥們都拋棄了司馬的姓。也就是說，不再是父親的兒子了。對哥哥們來說，不是他們與父親斷絕了關係，而是父親與他們斷絕了關係。因為父親的緣故，哥哥們的錦繡前程被永遠地封鎖了。

多麼諷刺的事。

父親只重視哥哥們，總是把身為女生的我獨自排除在圈外。父親只對哥哥們說話。而今，卻只有我這樣來探望父親。我成了他唯一的親人。

我思考著該怎麼對母親說，就在穿過集市中心時，想到在那之前應該先去找哥哥商量。大哥因為行商，去了很遠的都市。二哥是在郊外某間賣熱湯的店工作。我改變前進方向，走向哥哥的店。在看到店的外觀前，從味道就知道快要到那家店了。店很大，總是人聲鼎沸。我往店裡張望，以前見過幾次面的店老闆就幫我叫哥哥出來了。店中央有個扛著大鍋的爐灶，哥哥蹲在那前面，顧著火候。聽到老闆的聲音，哥哥抬起了頭。看到我，他就把工作交給了隔壁的男生，走到了外面。

「怎麼了？」

可能是看到我的模樣不對勁，哥哥連滿臉的汗珠子都沒擦，就先問我了。被他一問，離開獨立小屋後一直憋在心裡的話，猶如潰堤般從喉嚨衝了出來。

哥哥默默聽到了最後。

說完後，因為太亢奮，我的心臟又狂跳起來。哥哥用嚴峻的眼神低頭看著我，一面用袖子拭去臉上淌落的汗水。

「笨蛋，妳為什麼自己跑去？」

哥哥說了重話，聲音不大，語氣卻充滿了憤怒。

「他是父親沒錯。」

「咦？」

「我也去見過了。聽母親說他已經出獄那天，我就跟哥哥一起去了。他是父親沒錯。不再是男人的人，會越來越像女人。嗓音會變高，再也長不出鬍子。他已經不是男人了。」

「你跟父親說過話了？」我戰戰兢兢地問。

哥哥露骨地浮現污辱的表情，歪著頭說：

「他只是一具空殼，只是一具失去了靈魂的空殼。我想狠狠地罵他一頓，但他連那點價值都沒有。大哥看到他，也啞然失言。我們認識的父親已經死了。其實……從他受刑的那一刻起，我們就知道會是這樣了。」

四個男人大笑著走進店裡。我的視線追逐著他們的背影，哥哥丟下一句：「不要再去了。」就回店裡了。我在那裡呆呆佇立了好一會，從入口外看著哥哥又在爐灶前面蹲下來。

哥哥看得懂古書，甚至有星官的知識。在這個長安，究竟有多少個這樣的年輕人呢？然而，哥哥負責的工作，卻是看管冒著蒸汽的一大鍋熱湯的熱度。

❁

有所謂的宮刑。

父親沒有錢抵償皇上所賜的罪。為了免於死罪，父親唯一的辦法，就是接受宮刑。

宮刑是使男人不再是男人的刑罰，也有人把這種刑罰稱為腐刑。這樣的刑罰即便不清楚內容，光聽名稱就知道有多可怕。父親接受了這個刑罰，否則，他就會被腰斬而死。

哥哥們沒辦法接受這件事。他們不能原諒父親，因為父親選擇不論活著會遭受多大恥辱也要留在這世上。父親的恥辱成了哥哥們的恥辱，烙印在身上，所以他們不願意再當父親的兒子。

回到家，我也不敢告訴母親我去了父親那裡。

母親應該知道我半天不在家的原因，但她也絕不問我父親的事。哥哥辛辣的言語帶著熾熱，上床睡覺後都還在我心底隱隱刺痛。父親的體型、聲音都變了，連鬍子都不見了。哥哥說他「越來越像女人了」。我有點難以相信，人可以對人做出這麼詭異的事嗎？哥哥還說「那只是一具失去靈魂的空殼」。父親躺在散落著道具殘骸的地上，是在想什麼呢？長年擔任刀筆吏的父親，應該非常清楚，受宮刑的人必須面對空虛、孤獨、悲慘的現實，而他的家人也必須面對世間毫不留情的冰冷視線。儘管如此，父親還是選擇了宮刑。

為什麼父親沒有選擇死亡？——

大家只是嘴巴不說，心裡都暗自這麼想。不覺中，我也在朦朦朧朧中產生了這樣的想法。

我不像哥哥那樣，對父親感到憤怒。不會想握起拳頭，怒罵他是恥辱。

想必這就是我與父親之間的距離的寫照吧。我與父親之間的距離太過遙遠，所以我沒辦法產生與哥哥們相同的激情。我對父親也知道得太少，所以沒辦法理解他的決斷。

在即將入睡之前，不，或許是在已經陷入夢裡之後，往日的記憶浮現了。

小時候，我常跟哥哥們一起做竹簡。我們負責準備父親在獨立小屋用來書寫的竹簡。把竹子去節、削細，再烘乾殺青。用火炙燒，把竹子汁逼出來，蟲就不會去吃了。把完成的竹簡交給父親，看父親的心情，有時候會拿到少許的報酬。

有一次，我把殺青完的竹簡塞滿竹籠，一個人去了獨立小屋。在門口出聲叫喚，正在桌上寫字的父親便站起來，走過來拿竹籠。他在放在地上的竹籠前蹲下來，把筆銜在嘴裡，雙手伸進竹籠裡。挑出形狀不好看、炙燒太久而變色的竹簡後，他抱著竹籠站起來。

這次沒有拿到報酬，我暗自覺得失望。撿起地上的瑕疵竹片時，我的視線忽然落在父親還銜在嘴裡的筆。

我拜託父親，可不可以教我「榮」字怎麼寫？以前有哥哥在的場合，我都不好意思開口問。父親暫時放下竹籠，從我手中抽走一根竹片，拿起銜在嘴裡的筆，用工整的筆跡寫下了一個字。那時候我才知道自己的名字怎麼寫。

「妳知道為什麼取這個字嗎？」父親問。

我搖搖頭。父親從架子拔出一捲竹簡，又走回來。

「這是我父親留給我的，小時候，我父親對我說過好幾次裡面寫的內容。」

父親解開繩子，在手上攤開竹簡。我斜斜望過去，只看到一片黑。父親小心翼翼地摸著被文字覆蓋的竹子表面。

然後，父親說起遙遠的三百年前，一個住在齊國的男人的事。這個男人很重義氣，賭上性命完成了貴人委託他的事，最後為了隱藏身分，自己剝掉臉皮、挖出眼珠子、剖腹挖腸，就此喪命了，是個淒慘的故事。而且，他接受的委託，也是殺掉他國的大臣，所以是再血腥不過的內容。意外的是，從父親的口吻，可以聽出父親對這個男人非常有好感。

故事又轉到男人的姊姊身上。男人的屍體被暴露在集市示眾。這麼做無非是想找出賊人的身分，但沒有人知道他是誰。這時候，男人的姊姊聽到這件事，千里迢迢從齊國趕來，抱著弟弟的屍體大叫：

「士為知己者死！」

接著，她告訴周遭的人，弟弟是個非常重節義的人，所以把生命獻給了信任自己的貴人，還怕會連累姊姊，才選擇這麼淒慘的死法。聽到她這麼說，周遭的人都擔心她會因為暴露身分而被問罪。但姊姊說，讓弟弟沒沒無聞地死去，她會更後悔。她對著上天呼喚三次名字，便自殺身亡了。

「這個姊姊名叫榮。在這個國家，那是我最尊敬的女人的名字。她比誰都有貫徹事實的勇氣，是個烈女。」

直到現在，我可以正確寫出來的字，都只有「榮」這一個字。我對這對姊弟的故事沒什麼好感，因為太血腥了，可是，聽到父親講名字的由來時，流竄全身的興奮與驕傲，至今仍存在於我的體內，不管父親的身體變成什麼樣，都沒有任何減損。

十天後，我又去了父親那裡。

在度過河川上的橋時，我差點退縮了，但沒停下腳步，走上了坡道。

再次面對父親，是否能毫不畏怯地交談，我沒有自信。但是，我下定了決心，一定要跟父親交談，再看清楚他的模樣。說不定父親也有話要對母親說，那麼，就只有我可以扮演這個角色了。

住屋裡沒有人。我走向獨立小屋，看到拉門敞開著。我心想他應該聽到我的腳步聲了，便乾咳幾聲往裡面看。

不知何時，道具的殘骸已經整理乾淨了，被拖倒的架子也立在原來的位置。從架子掉下來的竹篩，還沒放回原處，堆在地上的角落。到處都看不到我要找的父親。

我沮喪地走回住屋。在牆角下，我看到哥哥們摔破的盤子碎片。我花了一些時間，把三年來扔下不管的東西整理乾淨，等父親回來。以前母親常坐的椅子倒在地上，我要拿起來時就壞掉了，大概是木頭腐爛了。我咂著舌彎下腰時，入口處出現了一個身影。

我以為是父親，趕緊站起來，結果是個完全不像父親的男人。細細的脖子、下巴往前突出的走路方式，看起來很眼熟。就在我想起來時，男人先發出了確認般的聲音。

「妳是榮小姐？」

是任峻。三年不見了。原本就很瘦的身體，現在更瘦了。「妳長大了呢。」他重複這句話好幾次後，問：「妳見過司馬遷大人了嗎？」

他的語調跟以前大不相同，不再是對小孩子說話的措詞。我猶豫著該不該把十天前的事告訴他，但他似乎把我的猶豫當成了「沒見過」的意思，不等我回答就接著說：「這幾天，他都是早早出門，傍晚才回來。好像每天都去集市。」

「你常常來看我父親？」

「我聽說司馬遷大人出獄了，就在工作結束回家前先繞過來看他。妳去獨立小屋看過了嗎？」

我無言地點著頭。

「那已經是大大整理過了。我看到時，可不是那個樣子。道具被破壞了，架子也被拖倒了。我大約整理了一下，竹簡還來不及歸位。」

任峻指著獨立小屋說：「過來。」跨出了步伐。

「昨天，司馬遷大人放火把我堆成一疊的東西燒了。」

聽到火這個字，我慌忙追上了任峻。土牆旁邊有燒過的痕跡，任峻在那裡停下來。看到燒過後還保持原來形狀的木片，我啞然失聲。那些都是觀測用的道具。因為這些東西，父親曾經勃然色變，把哥哥們痛打一頓，連母親都忍不住介入阻攔。

「他說既然不可能再回去當太史令，這些東西就沒用了，我根本來不及阻止……他還說要把竹簡也燒了，我拚命阻擋，告訴他絕對不可以。可是，不知道他什麼時候會突然採取行動。我也有工作，不能一直盯著他。今天也是很擔心，趕來看看。」

「為什麼？」我抬起頭，看著他的臉說：「你跟我父親沒有關係了吧？」

我們的視線瞬間交會，但任峻很快就避開了。

「司馬遷大人是對的。」

任峻似乎很難過，臉部扭曲，注視著自己的手。那雙手白到可以說是慘白，皮膚的光澤與我在熱湯店看到的哥哥的手迥然不同。

「三年前，只有司馬遷大人一個人，替李陵大人說話。群臣毫無根據便信口說李陵背叛，司馬遷大人在御前痛斥了他們的輕率，並高聲宣言相信李陵大人的高潔。那些話觸怒了佞臣，竟然以他欺騙皇上為由，判他誣罔之罪。然而，在北方之地，李陵大人並沒有背叛。司馬遷大人是對的。欺騙皇上的是那一大群愚臣，只有司馬遷大人把真相告訴了皇上。」

任峻提到的我不認識的人，應該就是傳聞中投降了匈奴的將領。我注視著覆蓋任峻下巴的鬍子，在心裡反芻「是對的」這句話。事到如今，這句話已不具任何力量，只給人不勝唏噓的感覺。

「我沒能救司馬遷大人。」
「這並不是你的錯。」
透著強烈焦躁的聲音衝口而出，連我自己都大吃一驚。我想接著說：
「那不是你做得到的事。」但是，看見他露出驚訝的表情，突然垂下頭的樣子，我就不忍心再拿他來發洩了。
「如果把藏書燒了，司馬遷大人就沒有情願受宮刑的理由了……」
任峻的身體雖然更瘦了，但表情氣質幾乎跟以前一樣。看著他爆出青筋的脖子，我才驚覺他已經老了。
「為了爭取贖罪的援助，我拜訪過司馬遷大人所有的朋友和上司，每個人都問我，他那些書賣了嗎？因為大家都知道，那些書裡有不少前人傳下來的價值不菲的古書。他們異口同聲地說『先從隗始』，意思是沒有錢就該先賣自己的藏書。我把這件事告訴榮小姐的母親，她馬上同意賣書了。我有認識的獄吏，便透過他把話傳給司馬遷大人。但是，在牢裡的司馬遷大人，直到最後都不答應賣任何一冊。」

這些都是我早已知道的事。

三年前，父親寧可捨棄自己的身體、捨棄名譽、甚至捨棄家人，也不肯捨棄塞滿獨立小屋的書籍。

「如果……把書都賣了呢？」

任峻垂下眼睛，摩擦雙手。我看到他的右手中指關節，有凸出的東西。父親在同樣地方，也有更凸出的東西。哥哥告訴我，那是與筆接觸的地方，磨出了老繭。

「聽到司馬遷大人接受了宮刑，大家都無法相信。沒想到他會保護自己的書，勝過保護自己。在宮中走廊，曾有重要人物叫住我，對我說太史令如果把書賣了，就能湊到免罪的錢吧？認為太史令犯的罪不至於死的人，比想像中多很多。」

一口氣把話說完後，任峻握起了拳頭，壓抑內心的懊惱。

為了避開他沉重潤濕的視線，我去撿壞掉後原封不動擺在那裡的椅子，然後抱著腐朽的木頭回來，放在火燒過的痕跡上面。看到髒兮兮的灰燼飛起來，我又想起哥哥沒好氣地把父親說成「失去靈魂的空殼」的聲音。不管肉體起了什麼變化，父親還是留在那裡面。但是，倘若他把犧牲一切換來的書都燒了，就真的什麼都沒有了。

想到這裡，浮現眼底的，依然是倒在草原中央的馬的身影。隨風搖曳的草叢裡，可以看到馬的腹部。馬已經不動了。

我從貨台無言地呼喚了好幾聲「起來啊」。

馬沒有再起來過。

❁

在父親回來之前，我和任峻一起待在獨立小屋，把地上的竹簡放回架子上。這些竹簡一定有各自的固定收納位置，但任峻說：「這樣放在地上，不知道會怎麼樣。」所以我聽他的話，隨手抓到一冊就往空的地方插。

太陽開始西沉時，從屋外傳來了腳步聲。聽到任峻說「回來了」，我全身僵硬起來。

「榮小姐來了，我們正在整理這裡……」

原本要往遠處走的腳步聲，被頭探出門外的任峻叫住，改變方向，往這裡走過來了。我裝出正忙著整理書籍的模樣，但察覺門口有人時，不由得抬起了頭。

父親站在那裡。

「今天我先走了。」

可能是不想打攪我們，任峻不等我們回答，就從父親旁邊走過去，快步離開了。父親默默看著我，直到再也聽不見腳步聲。我無法再面對他的視線，把抱在手裡的竹簡移到空的架子上。

「榮。」

父親在叫我，那是我熟悉的聲音，但聽起來又不太一樣。

「歡迎您回來。」

連我自己都不知道，是歡迎他從哪裡回來。父親脫掉鞋子，走上鋪著木板的房間，在我身旁停下腳步。

「幾歲了？」

「十五。」

我把最後一卷放到架子上，才面向父親。

我先觀察他沒有鬍子、豐腴的下巴一帶，再觀察同樣沒有鬍子的嘴巴，最後觀察他的眼睛。

「妳過得好嗎？」

「很好。」

我們的視線正面交會了。他果然是父親，比三年前白了許多，眼睛下面的黑眼圈因此特別醒目。雖然豐滿有福態，但看到他絕不能說是健康的粗糙皮膚，我不禁脫口而出：

「您有按時吃三餐嗎？」

「隨便吃吃。」

「聽任峻說您每天早上都會去集市，總不會是……想見哥哥？」

「不是，」父親冷漠地搖著頭說：「他們大概也不想見我，所以我都去其他集市。」

他舉了離這裡有點遠，但在長安也是很熱鬧的集市的名稱。

我們的交談在此中斷了。

父親拿起剛插入架子的竹簡，把不帶任何感情的視線，移到刻在繩結附近的題字上。

「您不再寫了嗎？」

看到觸摸竹簡的中指關節上，有跟任峻同樣的凸起，我不由自主地冒出了這個疑問。

忽然，從父親臉上閃過用力咬緊牙關而產生的黑影。

「寫給誰看？」

高八度卻十分陰沉的聲音，從乾燥的嘴唇溢出來。

「變成這副德行、只是活著受盡侮辱的腐人說的話，誰要聽呢？」

我彷彿被看不見的力量揍了一拳，垂下了頭。父親握著竹簡的手在發抖。我聽著竹簡的傾軋聲，不知道該說什麼，全身僵直。

「我要向誰報告？我已經不能再跪在祖先的墳前了。因為我不能讓父親、母親看見，我如此骯髒的身體。我羞辱了所有沉睡在墳墓裡的先人。我還失去了孩子。我玷污了司馬的血統，還讓這個血統斷絕了，這是身為人最大的不孝。我再也不能向任何人報告了，為什麼還要寫那種沒用的東西？」

我抬不起頭來。自己也不知道是害怕還是悲傷，淚水順著臉頰流下來。

我試著不要發出聲音，可是嗚咽聲還是響徹了寂然無聲的獨立小屋，我忍不住跑向了門口。

「榮。」

背後傳來父親的聲音。

「我聽說她再婚了——她好嗎？」

我在快走出門口的地方，轉過身來，用袖子粗暴地擦拭眼角，想要點頭回應，但父親沒有看著我。

「您有什麼話要轉告母親嗎？」我用顫抖的聲音問。

父親可能是沒聽到我說的話，呆呆仰望著書架。

「榮。」

「是。」

「我臭嗎？」

咦？我聽不懂他在問什麼。竹篙在我的注視下，從父親手中滑落。

「我有腐爛的臭味嗎？」

在撞擊地面的清脆聲中，幾乎聽不見的含混聲音撫過耳朵。「腐刑」這個詞，還有父親自己說的「腐人」，突然浮現腦海。以前哥哥說過，傷口會散發那樣的臭味，所以稱為「腐刑」。

「沒有！」回神時，我已經握緊拳頭，尖聲大叫起來：「絕對沒有這種事！」

父親面向了我。他拍拍女兒哭泣的臉，無力地笑了起來。彷彿不想讓我再多說什麼似的，他在半空中揮揮手，喃喃說道：「好了，妳走吧。」

我又飛也似的衝出去，拋下了父親。在到家之前，我都掩著臉偷哭，不想被跟我擦身而過的人發現。

父親的眼睛毫無顏色。憤怒就不用說了，連悲哀都沒有，宛如把那些情感都深深埋入了水底，眼睛是空洞的。三年前，我們非常痛苦。為了逃離痛苦，我們拋棄了父親。那期間，父親一個人被關在牢裡，如今出獄了，卻依然活得萬分艱辛。

我試著回想父親開朗的笑容。然而，一起生活了那麼久，卻沒有一個那樣的笑容浮現在我眼底。

❁

二哥回來家裡。

一如往常，他把從店裡帶來的食物交給母親，臨走前才對我說：「來一下。」我心想有什麼事嗎？跟著他一起走出去，他說任峻有話拜託他轉達。

任峻以為哥哥們從來沒去見過出獄後的父親，所以把寫了父親近況的信送來給二哥。信上最後寫著，有件事要拜託我。內容是——如我前幾天所說，榮小姐的父親還是每天去集市，我希望您可以去集市看看，確認他去集市做什麼。

「如我前幾天所說是什麼意思？妳在哪裡跟任峻說過話了？我叫妳不要去，妳還是去那裡見那個人了？」

我老實地點點頭，但沒有把那天的事告訴哥哥。哥哥們記憶深刻的道具，全被燒毀了，還有，三年前，父親是丟下我們不管選擇了書籍，如果把這些事告訴哥哥，只會喚起他空虛的憤怒。

「那個人每天都來集市嗎？我一次也沒遇見過。」

「父親說他去了其他集市。」

我還是不敢告訴哥哥，他是因為怕哥哥們不想見到他。父親對我說他失去了孩子，還說血統斷絕了。意思是哥哥們拋棄了司馬的姓，所以沒有人傳宗接代了吧？是的，在父親的眼裡，從來沒有我的存在。如同以前他只讓哥哥們進入獨立小屋那般，不管再過多久，我也進不了那個圈子。

「哥哥讀書時，不是可以進入那間獨立小屋嗎？那麼，哥哥知不知道父親老窩在那裡寫什麼？」

哥哥露出「怎麼突然問這個」的訝異表情，低頭看著我。

「他在寫紀錄。」

「紀錄？什麼的紀錄？」

「這個國家的紀錄，記載從黃帝之世代代相傳至今的歷朝成立經過，及帝王績業的興衰。」

「那是他的工作？」

「不，太史令是執掌天時、星曆，與他的工作無關。」

「那麼……他為什麼要寫那種東西？」

「誰知道……或許是因為繼承了很多祖父的藏書吧？聽說祖父四處旅行，蒐集古老的故事，一一記載下來。他可能想彙整那些東西吧。妳不記得了嗎？以前我們不是去雒陽替祖父掃過墓嗎？回家時，馬車上堆滿了成山的竹簡，所以我們被迫坐到後面的邊緣，感覺好擁擠。那些就是祖父的藏書。」

看到我一臉木訥，哥哥的嘴角浮現捉弄的笑容。

「妳一會說馬自己在跑、一會說馬倒下去了，吵翻了天，卻不記得自己後面堆積如山的東西？也難怪啦，妳那時候才三歲，當然不記得了。」

我從鼻子冷哼一聲，瞪著哥哥說：「我真的看見馬了。」就是不承認我對竹簡的事毫無記憶。

「那麼，任峻說的事怎麼辦？妳真的要去？」

「不知道。」

「算了，隨便妳。」

哥哥很乾脆地丟下這句話就走了。以前任峻幫過我們很多忙，他可能是基於對任峻的義理，才來轉達信上的內容。但是，從他的口吻，已經聽不出對父親的憤怒，又回到了這三年間的冷漠、不關心。倘若，哥哥知道父親在獨立小屋最後問的話，他的心是不是會有些動搖呢？我現在回想起來，都覺得快要窒息。

兩天後，我去了集市。

任峻的信，說不定也只是藉口。自從聽說父親每天都去集市後，他就一直很想知道父親到底在做什麼吧？

第一次去的那個集市，盛傳是長安第一，果真比哥哥工作的集市大多了。沿著細長的巷子往前走，整排都是商店，我很快就搞不清楚自己所在的位置了。

賣肉的攤販綿延不絕，我邊揮趕擦過鼻尖的蒼蠅，邊穿過巷子，突然來到了安靜的區域。好幾間店頭擺著竹簡的書店，聚集在這裡。可能是靠近皇宮的關係，有幾個穿著打扮像是公務人員的男人，在店頭嚴肅地看著攤開的竹簡。其他也有販賣筆、墨等道具的店，還林立著販賣用來做成竹簡的竹片的店。我拿起一片來摸摸看，與我和哥哥們為了獲得報酬而做的竹片相比，這裡的竹片表面特別光滑，摸就知道寫起字來有多麼順暢。

我看著密密麻麻地擺滿書店架子的竹簡、木簡，不禁把父親在獨立小屋裡的書架上的書量拿來做比較。那麼龐大的藏書中，究竟有多少是傳承自祖父呢？父親在教我「榮」字的時候，也是拿著祖父的竹簡，告訴我名字的由來。父親開始寫哥哥所說的「紀錄」，大約是在我學會「榮」字的時候，也就是在父親入獄前五年左右。如果不只燒了道具，把竹簡也燒了，等於是把傳承自祖父的東西，連同父親自己花五年的時間寫出來的東西，都從這世上抹去。

因為低著頭走路，所以猛然抬起頭時，一個背部塞滿了我正前方。就在鼻子受到強烈撞擊的同時，粗獷的聲音自上而降：「小心點！」我慌忙道歉，觀看周遭狀況。似乎剛好來到了集市的廣場，聚集了好多人。因為被男人們的背部擋住，看不到前面，我稍微往旁邊移動，把頭從一堆女人中間伸出去，看到中年人與年輕人的雙人組，站在高臺上，正要開始表演什麼才藝。

「來、來，快過來看啊。現在要演出的是，眾所皆知的『荊軻刺秦』。話說這個荊軻，是出生在衛國——」

可能是很受歡迎的演出節目，中年人一發出洪亮的聲音，周遭便「嘩」地湧現歡呼聲與掌聲。

兩個男人邊彼此交換適合的角色，邊演下去。回過神來時，我已經被兩個男人的一搭一唱迷住了。我握緊拳頭，祈禱名叫荊軻的男人能夠成功。那個荊軻只帶著一把抹了毒藥的匕首，就闖入宮殿去殺那個惡名昭彰的秦王了。

然而，他都走到皇帝御前了，使出渾身力氣的一刀卻刺偏了。他抓住秦王的袖子，試圖把秦王拉過來，沒想到袖子竟然斷了。秦王從寶座站起來，逃走了。荊軻追著秦王跑。周圍的男女齊聲為荊軻加油。秦王繞著柱子，不停地逃。荊軻揮舞著匕首。

「在那裡，荊軻！」

我也跟著周遭的人，渾然忘我地叫喊。

但是，秦王重整架式，拔出長劍後，荊軻便陷於劣勢，最後終於喪命了。

沸騰狀態急轉直下，聽到荊軻最後對秦王撂下的話，從左右傳來了啜泣的聲音。所有演出結束，最後琅琅宣讀讚賞勇敢的荊軻的話語後，兩人一鞠躬，整個廣場便被熱烈的掌聲包圍了。有人把錢丟進放在兩人前面的箱子裡，有人帶著充血的眼睛，向上天哀悼荊軻之死，有人走向廣場角落的攤販，大家三三五五地散去了。

我還沒從熱血沸騰中醒來，在原地佇立了好一會。二哥工作的集市，沒有可以看這種表演的廣場。觀賞、聽故事、吶喊，都是第一次的經驗。然而，不可思議的是，我覺得有過這種感覺。「對了，這種感覺，就跟我在獨立小屋聽父親講『榮』的故事時一樣。」當我這麼察覺時，突然在眼前熙攘往來的人群中，看到了父親的身影。

父親也同時發現了我。

表演的二人組開始整理箱子，我隔著他們注視著父親。最令我驚訝的，不是能在這樣的人潮中遇見父親，而是看到父親的外觀完全改變了。我不知道用越來越像女人來形容，是否正確。比起他剛出獄，我第一次見到他時，他的皮膚更白了，身材也更豐腴了。以前認識他的人，現在跟他擦身而過，恐怕沒辦法馬上認出他來吧？

我慢慢走近父親。

「您每天都來看表演嗎？」

「除了這裡，還有另一個地方，也有其他人表演。有時會聽老人說話。有很多人從地方來到京城，到現在都還記得故鄉的古老教喻的舊聞。」

我沒問父親為什麼那麼做。父親也沒有做任何說明。我說我迷了路，不知道這是哪裡，父親稍微皺了一下眉頭，便用下巴指示我說這邊，自己先跨出了步伐。

❁

大概是不想經過以前的職場，父親刻意繞圈子，遠遠避開宮殿，踏上了回家的路。他選的都是我不認識的路，所以走出集市後，我也只能跟在父親後面。結果，我們一次都沒交談過，就在不覺中到了以前的家。

父親沒叫我進去，也沒叫我回家。

我口好渴，所以自己走進去，從甕裡舀了一杯水。本想喝完就走，但還是很想看看獨立小屋怎麼樣了。我趁父親忙著拿晒在住處旁邊的衣服時，偷偷往裡面看。

竹簡都收到架子上，完全恢復原狀了。可能是又開始寫東西了，書桌也放在原來的位置。但是，沒看到寫過的竹片。依父親的做法，寫完的竹片不會馬上用繩子綁起來，會一片一片整齊地排列在地上，等到墨水乾掉。

我的視線不經意地往下移，看到門口旁邊有個眼熟的箱子。

我彎下腰，沒多想就打開了蓋子。

背後響起逐漸靠近的腳步聲，但我無法把視線從箱子裡的東西移開。我伸出空著的手，拔出了一片。

是竹簡的竹片，表面密密麻麻寫滿了文字。但是，不但沒用繩子綁起來，還從中間粗暴地折斷了。

箱子裡滿滿都是被折彎的竹片。是把幾片疊起來，一口氣折斷的。我看著從竹片裂縫突出來的竹刺，覺得好心痛。

「這些是我現在要燒掉的。」

我回過頭，看到父親站在那裡。

他從我旁邊經過，要走進門口時，我下意識地張開手，擋住了他。

「為什麼？那些都是您一直寫到現在的東西吧？」

「我說過了，做這種事毫無意義。」

「可是，您其實是想寫吧？所以，每天都去集市，聽很多人說話，寫下了這麼多的文字——」

「不，那些都是以前寫的，我不會再拿筆了。」

「您說謊，您看——摸會沾到墨水，三年前寫的墨水不可能沒乾掉。」

其實，我並沒有沾到墨水，只是把手上的污漬推到父親眼前，又很快地縮回來而已。父親一直保持面無表情的臉，明顯產生了扭曲。

「我聽任峻說，您不但燒了道具，還要把書也燒了。那些是祖父傳給您的書，您一直很珍惜，為什麼要這麼做呢？您不就是為了保護這些竹簡，才落得那麼淒慘嗎？如果把書燒了，我不知道父親被關在牢裡三年是為了什麼。也不知道我和母親、哥哥，承受痛苦至今，又是為了什麼。」

可能是沒想到女兒會知道這麼多，父親臉上明顯閃過猝不及防的緊張神色。但是，混亂的心情很快就轉成了怒氣。

「住、住口！」

父親發出高八度的叫聲，舉起了右手。

我心想要打就打吧。

「士為知己者死！」

當我豁出去時，沉睡在記憶深處的話就自然冒了出來。

要往下揮的手，戛然靜止了。我直直注視著父親的眼睛，把力氣注入腹部，用快要顫抖起來的聲音，一口氣把話說完。

「您不記得了嗎？這是您在教我『榮』字怎麼寫的時候，一起教給我的一句話。三年前，您是對的，所以您沒有選擇死亡。因為那些人對您毫不了解，所以您拒絕死亡。縱使對方是皇上，您也不認輸、不屈服，直到最後您都比任何人勇敢。」

要揮向臉頰的手還沒揮下來。

「士為知己者死。」

這次我一個字一個字咬得清清楚楚。我聽見從父親的嘴唇，猛然溢出急促的呼吸。可能是咬緊了牙關，他的嘴唇扭得很奇怪。我彷彿看見小小的龜裂，在面對必須承受的壓力時，擴大成大裂縫的瞬間。父親忽然把右手放下來，擺在胸前，似乎在壓抑湧上來的苦楚。從他緊握的拳頭間，我看到中指的隆起在微微顫抖。

「為什麼……為什麼現在會變成這樣？您說沒有人會讀嗎？那又怎麼樣？只要您寫下來，總有一天會有人讀。您告訴我的遠在三百年前的名叫榮的女人的故事，如果是我，就不會把那種人的故事留下來。因為我討厭這個故事，太恐怖、太悲哀了，可是，也有像您這樣喜歡這個故事的人。還是會有人想讓這個故事流傳下來。那麼，您寫的東西，也大有可能在三百年後，被誰讀到而流傳下來，不是嗎？」

說著說著，我的臉頰一帶開始麻痺，連頭都暈了起來。父親把右手按在胸前，沒有從那個地方移動半步。

我深吸一口氣，放下在父親面前張開的雙手。
「所以，請您一定要寫。」
臉色更加蒼白的父親，咬住了嘴唇。
「父親，您不能不寫。」
先撇開視線的是父親。
他的視線越過我的臉旁，移到背後的書架上。
「我原本要把道具和書都一起燒了，但又打消了念頭。」父親說得有點吞吞吐吐。隔了一會，又含糊不清地說：「我作了夢。」
「夢？」
「跟小時候的妳，還有妳的哥哥們，一起搭乘馬車的夢。我坐在馬夫旁邊，悠悠忽忽地看著風景。這時候，看到遠處有一匹馬在跑。那匹馬沒有配馬鞍，在草原自由自在地奔馳。我站起來，追逐牠逐漸往後方遠去的身影。沒想到，馬突然停下來，往旁邊傾倒，就再也不動了。簡直就像是我帶來了死亡，我連叫了好幾聲起來啊！」

我屏住呼吸，聽著父親說的話。我想打斷父親的話，對他說那不是夢，但父親接著說出了令我難以置信的後續。

「過了一會，連倒下去的身影都快看不見了。這時候，露出草叢外的腹部抖動起來，馬又抬起了頭。」

父親又說：

「牠扭動身體，在草上摩擦背部，然後颯爽地站了起來，彷彿在告訴我，牠只是在嬉戲。這時候，我聽到我父親說話的聲音。父親司馬談對我說——遵循天道。站起來的馬，一直盯著我看，宛如父親的靈魂附在馬身上。」

我無法判斷，父親是不是真的在說他作的夢。

「我已經不知道什麼是天道了。我遵循天道，做自己相信的事，卻遭受這樣的災難。現在我不禁要想，真的有適用於這個世間的天道嗎？」

我回過頭，看到塞滿背後並排的架子的大量竹簡，終於了解了一件事。這些堆積如山的書籍，才是父親的靈魂所在。並且，透過「寫」，才能為靈魂帶來光輝。哥哥說父親是「失去靈魂的空殼」，其實不是。不管多少人侮蔑父親是腐人，只要有被這些竹簡包圍的智慧與知識的城堡，父親的靈魂就絕對不會死。

「在集市聽到的荊軻的故事……父親知道嗎？」

「不是有個御醫出來，把藥袋扔向了荊軻嗎？親耳聽到那個御醫說這件事的人，在我剛當上太史令時，曾經說給我聽。」

「那麼，您打算怎麼寫呢？」

我沒得到回應。無論如何，父親就是不肯顯露他對寫這件事的情感。

「可不可以現在稍微寫一點？就像以前您教我寫榮字那樣，現在就寫給我看？」

父親嘴角浮現苦笑，可能是覺得我又說了很可笑的話。

「沒有東西可以寫。能用的竹片，全都丟進那個箱子了。」

他的視線從我手中彎曲的竹簡，移到了腳下的箱子。

「況且，妳是個不認識字的女人，寫給妳看又能怎麼樣？」

我知道那只是推托之詞。然而，當我發現他看著我的眼睛帶著笑時，三年來一直積壓在心底的憤怒的木柴，啵地點燃了火。

瞬間，我當機立斷，把手裡彎曲的竹簡扔向了牆壁，再把腳下的箱子踢倒。父親被我突如其來的動作嚇到，往後退了一步。我扔下那些倒出來的竹片不管，進入獨立小屋，走到書桌前。

「您要這樣嘮嘮叨叨、哭哭啼啼到什麼時候？您已經不知道什麼是天道了嗎？說這種話也太窩囊了。為什麼您連這種事都不知道呢？不就是『寫』嗎？不是只有『寫』，才是您司馬遷應該遵循的天道嗎！」

說到最後，我幾乎是邊吼邊與父親正面相對。父親的眼裡，完全沒有笑容。從容的神色，也從表情消失了。我在板著臉看著我的父親面前，脫下了短上衣，毫不猶豫地露出了肌膚。

「請寫在我的身上。然後，請您發誓，一定會寫到最後。」

我一點都不覺得冷，牙齒卻抖得合不起來。我一點都不想哭，一滴淚水卻沿著臉頰流下來，滴落在單薄的乳房上。當溫溼的感覺在肌膚上畫出一條線時，父親宛如凍結般文風不動，注視著我的臉。

「拜託您。」

我邊調整呼吸，邊背向他跪下來。

沉默帶著壓力，一舉從地面爬了上來。這時，冰涼的背部感覺到父親的視線，我的心裡好難過。我等待著父親。沒多久，令人懷疑背後是不是根本沒有人的寂靜，使我手臂的肌膚起了雞皮疙瘩，討厭的尿意也湧了上來。儘管如此，我還是絕不回頭，等待著父親。

聽到地板嘎吱作響，我的身體震顫起來。踩過地板的腳步聲逐漸靠近，我緊緊按住了捲到胸前的短上衣。就在拉開旁邊書桌抽屜的聲音響起的同時，我聽見了咔噠咔噠的輕微聲響。

當我察覺背後有人時，從上方傳來了喃喃低語。

「妳這個傻瓜。」

像筆尖般的東西碰觸到我的右肩，溼冷的感覺讓我差點叫出聲來，硬是忍住了。父親的筆一舉往下移動。

「荊軻者衛人也——」

父親唸給我聽，聲調還是比我熟知的高了一些。
不覺中，眼前展開了一片草原。
遠方的草叢裡有個黑影。
當我察覺「啊，是馬腹」時，黑影抖動起來，彈起了長長的尾巴。霍地抬起頭來的馬，擺好前腳，一鼓作氣地爬了起來。
我對馬大聲叫喚。
馬只匆匆回頭一望，便迎著風揚起馬鬃，宛如要確認大地狀況般，又狂奔了起來。

三個月後，可能是因為關於李陵一案，同情聲浪高漲，父親突然被任命為中書令，後來成為宦官，隨侍在皇上身旁。哥哥們也因此開開心心地辭去了商業性質的工作，在宮殿裡擔任官吏。

父親的「紀錄」名為《太史公書》，在出獄後的第六年完成。又三年後，父親突然因心病辭世了。他在世時，去集市聽故事是他每天的樂趣。當他自己講給孫子們聽時，經常因為語氣太過逼真，把小孩子嚇得號啕大哭。

在孫子輩中，最常被父親嚇哭的我兒楊惲，被封為平通侯時，宗奉祖父司馬遷之學說，受到皇上的矚目，從此以後，父親的書便廣為流傳了。

鹿男

入圍「直木賞」和「本屋大賞」！改編拍成日劇《鹿男的異想世界》！

鹿以低沉的聲音告訴我：你被選為「送貨人」，
一定要把「眼睛」拿回來，不然就會有大事發生！
我雖然百般抗拒，卻發現頭上竟然長出了鹿耳、鹿角……
這個以古都奈良為舞台的故事，將日本神話和歷史融合成高潮迭起的奇幻冒險。
全書如宮崎駿動畫般充滿想像力，加上浩瀚的構思、躍動的情節，讓人有滿滿的感動！

豐臣公主

問鼎「直木賞」的奇想傑作！已改編拍成電影！

歷史上的這一刻，大阪全面停擺！然而，全世界沒有人知道這件事——
除了身歷其境的大阪人，還有來自會計檢查院的三名調查官……
以「鬼之松平」著稱的松平元率領了部下從東京出發，
摩拳擦掌地準備對大阪地區展開最嚴格的預算把關，
沒想到，竟然因此開啟了數百年來綿延傳承的那扇秘密之門……

鴨川荷爾摩

萬城目學成名代表作！已改編拍成同名電影！

平靜詳和的千年古都內，一場驚天動地的「荷爾摩」之戰即將開打！
這不僅是攸關命運的競賽，更是一場賭上愛情、友情和榮譽，孤注一擲的青春大戰！
只不過，大夥兒得先學會用那個世界的「小鬼」來作戰……
全書以「陰陽師的故鄉」京都為背景，
在「荷爾摩大戰」的緊張氣氛中，瀰漫著與眾不同的奇幻氛圍！

荷爾摩六景

史上最青春無敵的「愛情荷爾摩」開打，六段最意想天開的奇幻體驗！

古人從信箋和木片中復活，只為成就永恆不滅的真情。一場跨越時空、撼動歷史的大混戰即將引爆！不寫纏綿悱惻的八股愛情，不說海枯石爛的亙古謊言，將京都的浪漫當催化劑，用拍案叫絕的情節當興奮劑，令人捧腹的故事中讀得到萬城目學一貫的幽默，穿插的戀愛鋪陳更為全書再多添一份青春的渲染力！

偉大的咻啦啦砰

入圍「本屋大賞」！《達文西》雜誌年度10大好書！

「日出」與「棗」兩個家族因為琵琶湖的賜予而獲得超凡的「力量」，兩家卻也因此成為死對頭。
沒想到，日出家的繼承人淡十郎和跟班涼介竟然與棗家的長子棗廣海同班！
開學第一天，涼介就和棗廣海結下了樑子，淡十郎決定要一舉把棗廣海永遠趕走！
但就在這時候，他們身邊卻發生了怪異的事……

萬字固定

來看看萬城目學葫蘆裡賣著什麼藥?!特別收錄萬城目學的台灣見聞記！

對萬城目學來說，平淡的日子裡總有最精采的細節，無聊的小事也永遠最值得迷戀。於是無論寫作、旅行、美食，還是青春的記憶，都因為與奇妙的瑣事相遇而令人會心一笑。難以形容的奇想，無法言傳的幽默，這是只有萬城目學才能寫出來的一本書，生動呈現「作家的日常」與「異想天開的世界」！

到此為止吧！風太郎

《鹿男》天才作家萬城目學暌違三年大大大長篇奇幻巨作！

天下易主，從豐臣家變成了德川家。
一連串倒楣的遭遇，使得「尼特族忍者」風太郎被趕出了伊賀。
無所事事的他，只能每天在京城渾渾噩噩地過日子。
然而他的人生，卻因為與一顆葫蘆的邂逅，而有了奇妙的轉變。戰亂的風暴再次襲來！
周旋在各方勢力之中的風太郎，衝向了那座熊熊燃燒的天守閣，而出現在他面前的將會是……

國家圖書館出版品預行編目資料

悟淨出立 / 萬城目學著；涂愫芸譯. -- 初版. -- 臺北市：皇冠, 2016.05　面；公分. --（皇冠叢書；第4545種）(大賞；90)

譯自：悟浄出立
ISBN 978-957-33-3230-5（平裝）

861.57　　　　105005634

皇冠叢書第4545種
大賞｜090

悟淨出立
悟浄出立

作　者—萬城目學
譯　者—涂愫芸
發 行 人—平雲
出版發行—皇冠文化出版有限公司
台北市敦化北路120巷50號
電話◎02-27168888
郵撥帳號◎15261516號
皇冠出版社(香港)有限公司
香港上環文咸東街50號寶恒商業中心
23樓2301-3室
電話◎2529-1778　傳真◎2527-0904
總 編 輯—龔橞甄
責任主編—許婷婷
責任編輯—蔡維鋼
美術設計—王瓊瑤
著作完成日期—2014年
初版一刷日期—2016年05月

法律顧問—王惠光律師

讀者服務傳真專線◎02-27150507
電腦編號◎506090
ISBN◎978-957-33-3230-5
Printed in Taiwan
本書定價◎新台幣280元/港幣93元